集英社オレンジ文庫

あやかし姫のかしまし入内(エンゲージ)

後白河安寿

本書は書き下ろしです。

あやかし姫のかしまし入内　もくじ

序　章　花のすがたを　見ましかば……5
第一章　百鬼夜行こそ　めでたけれ……21
第二章　ひときは　めでたき　御覚え……73
間　章　心の闇……129
第三章　捕らへ　苦しめたる……147
第四章　尊かりける　贄（にへ）なるべし……211
終　章　きららかに　はなやかなり……271

Ayakashi Hime
no
Kashimashi Engage

イラスト／後藤　星

序章 花のすがたを見ましかば

嵐山の一帯は白銀に覆われていた。空の茜色がそこへ照りかえり、桜色とも鴇色ともつかない不思議な夕霞が立っている。

黄昏時――それは本来、あやかしが最も元気になる時間帯。

反対に、人間たちは昼間の活動を終えて里へ帰る。つまり彼らと出くわさず、羽を伸ばせる貴重な自由時間の到来だった。

あやかしの姫、毬藻は山藤の木の上から慎重に辺りを窺う。

（人間の気配なし。よし！）

袖を広げて翼にし、ぴょんと木から飛び降りる。それから、周囲で息を潜めていた仲間たちへ元気よく呼び掛けた。

「みんな！　もう出てきていいわよ」

「やったー、雪うさぎ作ろうぜ」

真っ先に飛び出してきたのはカラスくらいの大きさで、ふっくらとした身体つきをした雀のあやかし茶々丸だった。羽根は茶色、腹は大福のように真っ白で愛らしく、八咫烏と同じ三本足を持つのが特徴だ。彼は毬藻とほぼ同時期に生まれ、ずっと一緒に育った遊び相手、いわゆる親友みたいな存在である。

「いいわね。南天の実を探して赤い目をつけましょう」

「姫さま、おいらも混ぜてください」

今度は二足歩行の狸(たぬき)がやってくる。見た目はかわいいが、やはりただの動物ではない。太鼓腹(たいこばら)が鏡になっていて、自在にいろんなものを映し出せる力を持つ雲外鏡(うんがいきょう)の雲丸(くもまる)だ。

「姫さまと雪遊び？」

「いいなー、俺もやる」

続いて森のあちこちから声が上がる。日中は陰陽師(おんみょうじ)の襲来に備えて身を潜めていた子たちが、ここぞとばかり集まってきた。

「じゃあ、みんなで特大のを作りましょうね」

「わーい」

琵琶(びわ)の付喪神(つくもがみ)や二頭身の餓鬼(がき)、二足歩行の猫又(ねこまた)、ぎょろ目にぷよぷよの丸い身体をした赤(あか)へるなど……多くのあやかしが毬藻を取り囲む。

（いつもこうやって遊べたらいいのに……前みたいに）

毬藻が生まれてすぐ王となってからの数年間、あやかしと人間はうまく棲(す)み分けができていた。

なのに、ここ一年ほど諍(いさか)いが絶えない。直接的なきっかけとなった事件はあるが、その少し前より前兆があった。

一年と少し前、先代のあやかし王が忽然と姿を消してしまったのだ。その辺りから何かがおかしくなっていった。

（わたしがこの子たちを守らなきゃ。夏麦はいないんだから……）

百年を生きる先代王に比べたら六歳の毬藻はとんでもなく若輩者だが、あやかしの強さは年齢と関係ない。持って生まれた素質によるものだ。見た目だって幼子なんかではなく、人間の成人女性と変わらない。

誕生と同時に『お前が新しい長だ』と王位を譲られた毬藻には、自分より弱いあやかしたちを守る義務がある。

と、そのとき。

「……待って、この気配。陰陽師？」

肌が粟立つ感覚がして、宙を見やる。力が強めのあやかしも異様な気配を感じたのか、ざわめきが起こった。

「みんな木の上へ。ここを動かないで」

「姫さま……」

「心配しないで。ちょっと脅かして、追い払ってくるだけよ」

毬藻は天候が操れる。だから、空を黒雲でいっぱいにして木の上から凄んでやるつもりだ。大抵の人間はそれだけで恐れをなして逃げていく。それでも怯まない怖いもの知らずならば、堂々と名乗りを上げるまでだ。

『わたしがあやかし姫よ』と。

さすがに最強のあやかしへ歯向かってくる命知らずはいない。

「俺も行く」

走り出した肩に茶々丸が摑まった。毬藻は落とさないよう小袿の袖で押さえながら、人間の気配を追った。やがて、男性の声がする。

「あやかしの姫！」

（わたし？）

思わず驚いて足を止めた。

澄んだ低音は、なおも響く。

「あやかし姫よ、話がある」

近づいてくる気配から察すると、相手は一人のようだ。足音も、一頭の馬の規則的なものしかしない。

「信じらんねえ。たった一人で毬藻と戦うつもりなのか？」

肩の上で茶々丸が虚勢を張って、三本の足を交互に蹴り上げる。

「戦う……？　夜目の利かない黄昏時に？　わたしたちに有利すぎる。変よ」

「じゃあ何か？　世間話でもしに来たってわけか？」

「わからない。でも、聞いてみてもいいのかもしれない」

一方的にあやかしを調伏したがる人間が何を言うのか、興味があった。

木々が開けた空間の、際にある高い木へひょいと跳び上がる。雪化粧をした枝の合間に身を潜め、近づいてくる気配を待った。

雪を踏みしめる馬の足音がして――その人は姿を見せた。

「……っ」

白馬に乗った白い狩衣姿の人間。

涼しげな眉にすっと通った鼻筋、優美な瞳は黒絹のまつ毛に彩られ、馬に揺られながらも動じない余裕をうかがわせる端整な面差し。体格は一般的な人間の男性よりも恵まれていて理想的な均衡を保ち、かといって武骨すぎず優美さを備え、どこか色香も滲んでいる。

（綺麗な人間。絵巻物から飛び出してきたみたい）

けれども、絵ではない。黒瑠璃に似た瞳が印象的だった。とろりとした艶めきと、無数の闇を閉じ込めたような妖しさを秘め、それと同時に、目を離したとたん割れてしまいそうな脆さも孕んでいる。

毬藻を探して左右に視線を送るそれを、正面から受け止めてみたい衝動にかられた。

「何か用？　あやかし姫はわたしよ」

思わず声をかければ、彼ははっとしてこちらを見上げる。

まっすぐな瞳が毬藻を射すくめた。その目には、十年来の親友と再会したような哀愁がちらりとよぎる。

「おほかたに花の姿を見ましかば……」

「？」

彼は思わずといった雰囲気の独り言をこぼすが、毬藻には理解できない。一瞬だけ垣間見られた彼の不可思議な感情は、すぐさま閉ざされた。唇を引き結び、黒い瞳を沈黙させる。一分の隙もなく整った無表情をこちらへ向けてきた。

（なんの感情も伝わってこない……恐れや怒りすら。あやかし姫が怖くないの？）

あやかしは人間の強い感情――『念』から生まれ、主食も同じく人の念だ。だからこそ、人間の感情の機微には敏かった。それなのに。

（このわたしにもわからないなんて。ちょっと興味が湧いてきたわ）

もともと毬藻は人間自体を嫌いではなかった。向こうが仕掛けてきさえしなければ、無駄に戦いたくない。

「あなた誰？」

「名乗らず失礼した」

彼は儀礼的に詫びを言い、馬を降りる。

ふいに靄が晴れて、南西の山の稜線の上に雪よりも白い三日月が輝いた。西へ沈みかけた太陽と共に彼を照らし、存在をより強く浮かび上がらせる。

「わたしは日ノ本の帝だ」

「帝……って、一番偉い人？」

肩先で茶々丸が囁いてくる。

「嘘に決まってんだろ。帝って奴は一人で出歩いたりしないもんだ。行幸だなんだと随身をぞろぞろ引き連れて動くんだぜ。陰陽師に決まってら」

先ほど感じた異様な気配は陰陽師のものと似ていた。

けれど、出会い頭に術式であやかしを退治しようとしてくる彼らと、目の前の人物がまとう雰囲気は、少し違う気がした。

「あなたが帝だとして、わたしになんの用だって言うの？」

「折り入って相談があり、こうして単身でやってきた。最近激化した我らの諍いを、ここらで一旦やめないか？」

「は……？」

驚きすぎて、木から落ちるかと思った。枝につかまり、身を乗り出す。

「何を言っているの？　元はと言えば、そっちが陰陽師を集めて攻撃してきたんじゃない」

抵抗をやめれば調伏されるだけだ。しかし彼は腕を組む。

「いや違う。先にそちらが仕掛けてきた。宿下がり中の国母を弑しただろう」

それは約一年前、今年の正月七日が過ぎた頃、堀川今出川に住んでいた先帝の女御が行方不明となり数日後、川で遺体で見つかった事件のことを指していた。

人間たちは、それをあやかしの仕業と信じている。諍いの大きな原因となった出来事だった。

「国母はわたしの母親だ」

「っ、あなたのお母さん……」

「母親を殺されて、黙っていられはしない」

（この人、本当に帝なのね）

ならば、と毬藻も背筋を伸ばす。

「身内を亡くして悲しい気持ちは理解するわ。でも、その人を殺めたのはわたしたちじゃない」

実は、全く身に覚えのない濡れ衣なのだった。

あやかしの中には、恐怖の感情を食べたいがために人間を故意に脅す子もいるし、時にやりすぎてしまう場合もある。しかし、国母の件はどんなに調べても心当たりのある子は見つからなかった。

「襲撃に来る陰陽師たちに何度も告げたわ。でも誰も聞いてくれなかった。あなたが帝でわたしと話をしに来たというのなら、ちゃんと聞いてちょうだい。わたしたちは無関係よ」

「……」

帝は右眉を上げ、真意を図るような間を置いた。ややあって、唇を開く。

「そなたが主導したのではないのだろう」

「わかってくれたの？」

「しかし、すべてのあやかしの無実は証明できまい」

「そんな……」

そもそも、やっていないことの証明などできるはずがない。

困っていれば、帝は言う。

「ここでやったやらないの議論をしても答えは出ない。それで本題だが、我々が手を結ぶことで一連の諍いのけりを付けないかと提案しに来たのだ」

「手を結ぶって、言うのは簡単だけれど本当に可能かしら？」

口先だけの約束で済むならば、この一年がなんだったのか。

なのに彼は、堂々と告げてくる。

「可能にしてみせよう。友好の証として、そなたがわたしの妃となるのはどうか」

「き、妃……!?」

思いもよらない言葉をぶつけられて目を剝く。茶々丸も驚きすぎてひっくり返ってしまった。

「それのどこが友好の証になるの？」

あやかしに婚姻の概念はない。信頼し合う二者がつがいになって子を儲ける例はあることにはあるが、稀だった。

「帝の妃になれば、人間界でのそなたの発言力は増す」

「なるほど……？」

「つまり、あやかしの話に耳を傾ける者が増えるということだ。暴走気味の貴族や陰陽師を止めるきっかけとなるだろう」

（暴走ってことは、襲撃はこの人の命令じゃなかったのね？　お母さんを殺したってあやかしを憎んでいるわけではない？）

そもそも憎しみを抱く相手と婚姻なんて望むべくもない。

彼はあくまで冷静だ。毬藻をまっすぐ見て、言葉を聞いて、嘘だとなじったり信じられないとそっぽを向いたりしない。

（この人、信じてみてもいいのかも）

「ねえ。わたしが妃になれば、本当に争いは終わり？」

「おい毬藻っ」

茶々丸が焦りの声を割り込ませてくるが、毬藻は視線を上向かせて明るい未来へ思いを馳せた。

（争いがない世界——目の届かないところで調伏される子がいなくなる。日中も自由に遊び回れる。夏麦の行方も……探せる）

感情がそのまま表情に出る毬藻を見て、帝は勝機ありと思ったのだろう。畳みかけてくる。

「妃になれ、あやかし姫。ここ一年を除いては、我々のあいだで大きな衝突はなかった。わたしが帝となり、そなたが長となってからしばらくは平穏だったのだ」

（確かにそうだわ）

　長い歴史の中で、あやかしと人間は何かと衝突してきた。先代あやかし王も混乱を好み、毬藻と代替わりする前はさんざん都に戦乱を巻き起こしたと聞いている。

（でも、わたしは人間が嫌いじゃない。むしろ……）

　襲ったり驚かしたりするよりも、遠くから眺めている方が好きだ。自分たちよりずっと短命の彼らが、朝から晩まであくせく働くのを見るのは楽しい。

「わたしは争いを好まない。そなたも同様。そんな二人が手を取り合えば、平和な日ノ本となるのは確実だ」

「帝、あなたは和平を望むのね？」

「当然だ。わたしは史上最も尊敬される帝になるのだから」

　人間側の事情はあまり理解できないが、こちらとしては悪くない話に思えた。

「なら、妃に……なってもいいわ。具体的にどうすればいい？」

「えー！」

　驚き慌てまくる茶々丸とは違い、帝は眉（まゆ）一つ動かさず淡々と告げてくる。

「わたしは帝という立場上、自由に大内裏（だいだいり）から離れられない。だから、そなたが入内（じゅだい）する方向で進められればと思う。有り体（ありてい）に言えば、『後宮で暮らす』ということだ」

「つまり、あなたの家に住めばいいの？」

「物分かりが早くて助かる。希望すれば宿下がりといって里帰りも可能だ。嵐山と内裏と行き来を繰り返しても問題ない」

それなら難しく考える必要はなさそうだ。

毬藻はあっさりとうなずいてみせた。

「了解、いいわよ。ただし！」

指を一本立てて、厳しい声で付け加える。

「試しに一か月間、陰陽師の動きを止めてちょうだい。わたしたちをただの一度も攻撃させないで。それができたら信じてあげる」

本気かよ!?　と茶々丸が袖(そで)を引いてくるけれど、そういう流れになってしまったから仕方がない。そもそも深く考えるのは苦手なのだ。あやかしは感情の赴(おもむ)くがまま、己の心に従って生きているものだから。

「承知した。今が師走(しわす)の三日。争いが一切ない正月を迎えてみせよう」

自信に満ちた口ぶりながら、表情は全然自慢げではない。それどころか、さっきから全く変わらない。

（最初だけ、ちらっと心の揺れが見えた気がしたけれど……）

きっと毬藻の勘違いだったのに違いない。

第一章 百鬼夜行こそめでたけれ

さだった。

如月朔日——人間たちの暦では、春真っ盛り。今朝は日が昇る前から驚くばかりの暖か
山の端に太陽が顔を出したとたん、春の到来を待ちかねていた花々が一斉に固いつぼみをほころばせて、黄金色に輝く大地を紅、若草、菫、山吹……と、五色の絹を広げたように彩っていった。

「綺麗！　きっと都の大路の桜も咲いて、さぞかし素敵でしょうね」

嵐山の山桜も素晴らしいが、人間が趣向を凝らして植えた都の桜も洗練されていて好きだ。毬藻は浮かれてくるんと回ってみせる。すると、鴛鴦模様を染め抜いた裳裾が鳥の羽根のごとく広がった。

「姫さま、本当に綺麗です。ご覧ください」

雲丸が両手を開いて通せんぼするような格好で、腹の鏡を見せてくれた。

そこに映っていたのは、目にもまぶしい山吹色の唐衣に縹色の表着を合わせ、袖口から覗く五つ衣には紅、瑠璃、萌黄、黒、淡紫と対照的な五色を重ねた毬藻だった。

十二単……と呼ばれる正装を普段着ることはない。動きやすさ重視で細長や小袿姿が常だ。けれど、華やかな装いは胸がときめくものだと知る。

「案外似合っているかしら？」

鏡面に映るうりざね型の顔は葡萄のような紫色の丸い瞳をきらめかせ、咲き初めの桜色をした唇もぷっくりとして愛嬌がある。白藤色のごとき肌はみずみずしくて、健やかそのものだ。

「もちろんだぜ！　世界で一番かわいいお妃さまさ」

（妃……自分でもびっくり）

茶々丸に言われて、少しだけ気が引き締まる。

師走から正月にかけての一か月、人間たちはただの一度もあやかしを襲ってこなかった。勢いで交わした帝との約束が見事に果たされ、こちらは驚くやら唖然とするやらだった。

（こんなことができたのなら、もっと早く入内すればよかった）

すっかり気をよくした毬藻は、帝の元へ嫁ぐ気満々になった。しかし、待てど暮らせど相手からの連絡がこない。

こうなったら、こちらから出向いてしまえ！　と支度を整え……今に至る。

「さ、そろそろ行きましょう。あやかし姫の婚礼よ。盛大に華やかに出発！」

拳を天に突き上げれば、準備万端とばかり多くの仲間たちが集まってきた。

手のひら大の赤い火の玉、青い火の玉に、首に深紅の布を結んでめかし込んだ猫又たち、大きな身体の一つ目坊主、骸骨お化け、四本足の生えた琴の妖怪、小鬼……などなど様々。

「姫さまはこちらへ」

牛頭に立烏帽子、退紅をまとった屈強な妖怪が唐車を引いてやってきた。車の屋根には黒百合と黄色い弟切草がびっしりと飾られ、車輪は地獄の業火をまとって燃えている。最高に禍々しく華美で豪奢な車だ。

「ありがとう、よろしくね」

動くぎょろ目がついた簾を巻き上げ、毬藻はそこへ乗り込んだ。茶々丸と雲丸が同乗したと同時、車体がふわりと浮き上がる。

「いざ、大内裏へ！」

嵐山から都の中心へ行くには人間の足では時間がかかるが、あやかしにとってはなんてことない。賑やかな行列は散歩気分で都の南門である羅城門へ到着した。

「毬藻、一発雷でも鳴らしたらどうだ？　景気づけにさ」

茶々丸にそそのかされて、物見の窓を大きく開ける。

「そうね、あやかしと人間が手を結んだ記念すべきおめでたい日だもの。沿道のみんなも楽しませてあげるべきよね」

空へ向かってぱちんと指を鳴らせば、抜けるような青空が突如として暗雲に覆われた。

——ぴかっ！　どんがらがっしゃーん！

同時、閃光が天をまっぷたつに切り裂き、耳をつんざく轟音が鳴り響く。けれど雨が降らないのは、毬藻が力を調整したからだ。

「さいっこー！　婚礼日和！」

興奮して翼をはためかせる茶々丸に乗せられて、毬藻も破顔一笑、窓の外へ大きく手を振ってみる。

「都のみんな、こーんにちはー！」

しかし、返ってきたのは阿鼻叫喚だった。

「ひ……百鬼夜行だ！」

大路の桜を眺めていた人間たちは、波が引くように屋根の下へ駆け込んでいった。混乱のあまり転んで、手や身体を踏まれてしまった者もいる。腰を抜かして動けなくなった人間は、頭を抱えてその場に縮こまった。

「えぇー？　逃げちゃった……」

「人間は恥ずかしがりやだなあ。毬藻の可愛さに照れて隠れちまったんだ」

「違わない？　どうみても怖がっているわよ。でも不思議ね……もう怖がられる要素はないはず」

　帝と毬藻の婚姻で争いは終わるのだから、喜ばれてしかるべきなのに。

　そうこうしているうち、車輪がぴたりと止まる。いつのまにか目的地についたようだ。

正面には切妻造り(きりづまづく)の檜皮(ひわだ)を葺(ふ)いた屋根に四本脚の立派な門があり、真っ白な築地塀(ついじべい)が東西へ続いている。

「開門、開もーん！」

「あやかし姫のお通りだい」

　ぴったりと閉ざされた門の向こうへ呼びかけるが、反応はない。先頭を歩いていた青鬼は手にした矛(ほこ)で門を叩いているが、びくともしない。

「姫さま、前の方が困っているみたいです」

　雲丸が上目づかいに袖を引いてくる。茶々丸も翼で前方を指しながら言う。

「開けてやれよ、毬藻。さっきみたいに雷落としてさ」

「また怖がられない？」

「町の人間は事情を知らないからびっくりしただけだろ。帝は毬藻の到着を待ってるんだから、むしろ喜ぶぜ。そうそう、大陸なんかじゃめでたい日には派手な爆竹を鳴らすって文車妖妃(ふぐるまようひ)が言ってた」

「桃丸が言ったの？　なら、きっと正解ね」

文車妖妃の桃丸は、今いるあやかしの中で先代王に次ぐ長生きで、一番の物知りなのだ。毬藻は納得し、再び天へ人差し指を向ける。閃光と共に雷が落ちてきた。


――どっかーん！


激しい爆破音と共に、門が砕け散る。もちろん、火事にならないよう火力は調整しているから安全だ。

「開いたわ」

「わあー、さすが姫さまです！」

あやかしたちの歓声と拍手が沸き起こる。

と、内裏の中からも人間たちがばらばらと集まってきた。

待ちかねていた妃の出迎えかと思えば……、彼らは手に刀や弓を持っている。もののしい面持ちで横へ広がり、人の壁を作った。

「であえー」

「化け物どもが攻めてきたぞ」

「ここは通さぬ！」

一同が向けてくるのは、紛れもない敵意だった。底知れぬ恐怖の念も混じっている。

「全然喜んでいないじゃない！」

話が違う。しかも、肝心の茶々丸は舌なめずりをして瞳をとろんとさせている。

「恐怖の念……うまそう」

「待って」

慌てて親友を止めた。茶々丸は恐怖や不安の念が好物なのだ。

「今食べたら、人間たちはもっと怖がって混乱するわ。代わりに私の力を分けてあげるから我慢して」

最強のあやかしである毬藻は、あとからあとから自然と力が湧いてくる体質で、弱い者へ自分の力を分けてあげられる。

直近一年を除く五年間、あやかしと人間の諍いが起こらなかったのは、常に毬藻がお腹をすかせた子たちへ力を分け与えてきたからだ。

けれども、これはあくまで平時だからできたこと。混乱が過ぎれば個々が暴走して止めにくい。また、興奮した人間たちが念を強めれば強めるほどおいしそうな香りを振りまくため、あやかしの食欲は増すばかりなのだ。

（誰かひとりが手を出したら終わりだわ。せっかく平和が目の前に見えていたのに。引くに引けない争いはもう嫌よ）

「みんな待って。いい子だから」

前簾を開けて、身を乗り出す。

しかし、それが逆効果だった。毬藻の姿が見えたことで人間たちはどよめき、さらに警戒心を募らせた。膨らんだ恐怖の感情に大半のあやかしが目の色を変えた。

一触即発の空気が張りつめる。

毬藻は唾をのみ込んだ。

（下手に動けない。まずいわ）

そんな最中――、

「引け」

澄んだ男性の声が響き渡った。

人垣の向こうからけたたましい馬のいななきが聞こえ、鼓動に似た力強い蹄の音が大地を震わせた。人間たちは振り返り、驚きに目を見開く。黄色い砂塵がぶわっと舞い上がり、人垣は慌てて左右に分かれて道を開けた。

「双方、止まれ」

　声を張り姿を見せたのは、白馬に乗る帝だった。頭には冠、紅の長袴に裾を引いた白の御引直衣をまとっている。乗馬をするような格好ではないが、急いで出てきたのだろう。馬から少し遅れて数名の侍が駆け足で続く。

「お待ちください、主上！」

「あやかしの姫！」

　馬上の彼は、止めようとする人々の手をすり抜け、あやかしの列をもかき分けて、毬藻の乗る唐車の真下へやってきた。険しい声を投げかけてくる。

「これは一体どういう了見だ？　門を破壊するとは宣戦布告と見てよいか？」

「えっ、そんなわけない」

（門、雷で開けちゃいけなかったの!?）

　茶々丸を振り返るが、彼は知らん顔でくちばしを尖らせていた。

（でもう……開けてしまったものは……）

　さすがのあやかし姫も時を戻す術などない。開き直るしかなく、堂々と胸を張った。

「何を言っているのやら。宣戦布告だなんて正反対よ。見てわからない？　これは嫁入り行列、わたしは嫁いできたの。だって約束したじゃない、妃になるって」

　とたん、人間たちのざわめきが大きくなった。不安、失望、焦り……様々な負の感情が溢れ出す。

「あやかしが妃だって？」

「なんてこと」

「世も末だ」

毬藻の入内を歓迎どころか、寝耳に水といった様子だ。

（みんなに言っていないの？　まさかあの約束は……嘘だったとか？）

疑惑の目を帝へ向ける。彼は相変わらずの感情が読めない表情でそれを受け止めた。一息置いてから、ゆっくりと唇を開く。

「約束はしたが、具体的な日取りは決めていなかったはずだ」

「じゃあ、いつがよかったの？」

「それは……おいおい陰陽寮などと相談して決まることで」

「あなたのことなのにすぐ決められないの？　帝って一番偉い人だと思っていたわ」

毬藻は平和を待ち望んでいた。それが叶うならさっさとこの婚姻にけりを付けてしまいたかった。なのに、どうして先延ばしにするのか理解できない。

純粋に疑問のまなざしでじっと見据えていると、帝は小さく息をつく。そして、周囲を見渡した。

「確かにその通りだ。来てしまったものは仕方がない。皆聞け、このまま彼女をわたしの妃とする」

「おっ主上！」

臣下の一人が意を決したように進み出る。

「公卿のほとんどがまだ納得しておりませぬ」

「いつまで議論を重ねるつもりだ。それに追い返すわけにはいくまい。これだけの数のあやかしだ。機嫌を損ねてみろ、どうなるか知れない」

半ば強引に説き伏せ、彼は一段低い声で周囲へ命じる。

「すぐに局の準備をせよ」

帝の口から直に語られる堂々たる宣言だったからか、声に出しての反論は上がらなかった。けれども、その場の人間たちは不服の感情をぐんと膨らませる。

「どうなってんだ？　まさか入内は帝の独断だったとか？」

周囲に満ちる感情が変わって正気を取り戻した茶々丸が、ひそひそ声で尋ねてくる。

「一枚岩ではなさそうね。かといって、出直すのはちょっとね」

皆やる気満々で出発したのを今さら引き下がれない。相手方の渋々といった態度は気に入らないが、もうなるようにしかならない。

帝本人は納得しているのだから、それでいいだろう。毬藻はごちゃごちゃ考えるのが苦手なのだ。

「帝、受け止めて」

立ち上がると共に、唐車の榻を蹴った。両手を翼にして真下にいる帝の懐へ飛び込む。

「ひ、姫!?　危ないではないか」

驚き慌てつつも、彼は抱き留めてくれた。反射神経がいいらしい。毬藻はその腕の中で、にっこりと笑んでみせた。

「とにかくこれが平和の第一歩。今日からよろしくね！」

「っ」

ほんの一瞬。

ふわりと甘い香りが鼻孔をくすぐった。

（え、何この匂い）

とっさに御引直衣の胸元を摑んで逞しい喉仏へ顔を寄せる。

当然、帝はのけぞって毬藻から距離を取った。

「何をする？」

「今ちょっとおいしそうな匂いが」

「食べ物など持っていない」

「そうじゃなくて……わたし好みの……」

（『ありがとう』とか、『嬉しい』とかそんな匂いがした気が）

　ほとんどのあやかしが負の感情を食べたがるのと違い、毬藻は生まれの由来も好物も『感謝』や『喜び』の念という稀（まれ）な体質だった。

（でも、この人がわたしに感謝？）

　目を細めて間近に彼の表情を観察するも、なんの感慨（かんがい）も見せずただひたすら整っているだけだ。憎たらしいくらいに。

（まさかね。『来てしまったものは仕方がない』って言っていたもの）

　嬉しいとき人間は、きゃっきゃと声を上げて笑うと知っている。帝はそういうのが一切ない。喜ぶどころか、伝えてくる感情は『無』だ。

（それでも、わたしを怖がらないのは及第点ね）

　馬上で寄り添い胸倉を掴まれている状態で、「ぎゃー」とも「わー」とも叫ばない彼は、やはり常人とは違うのだった。

ひとまず、毬藻は後宮の南西にある藤壺という区画へ案内された。

歓迎の宴やら婚姻の儀式やらは、日を改めてとのこと。人間たちにとっては、門の修理が最優先事項らしい。

「ちょっと見に行ってみたらさ、陰陽師のやつらが陣頭指揮してて鳥肌が立っちまった」

偵察から帰ってきた茶々丸が、身震いをしながら毬藻の懐へ飛び込んでくる。

「やあね、もともと鳥じゃない」

「そんなことより、風水だったか？　人間って、北に山を置いて、南にはなんちゃらとか、変な決まり通りに町づくりしてんだな。門一つ直すのにもごちゃごちゃと指示して、めんどくせえ」

「本当ね。陰陽師なんていなくなればいいのに」

あやかし退治のために特殊能力を極めた彼らと、親しくなれる気が全くしない。嫌な気分を振り払って、毬藻は立ち上がった。

「さて、何をしましょうか」

待機と言われても困る。とりあえず庭へ出てみよう。

妃が住まう母屋は、外からずいぶん奥まった場所にある。まずは几帳を押しのけ、御簾を巻き上げて廂へ出、さらに格子や蔀戸を開けて簀子へ出たところでようやく外の空気が吸える。そうして階（きざはし）を下りれば、やっと土に足がつくといった具合だ。

「ずっと中にいたら、窒息（ちっそく）しそうね」

「だよなあ」

階に腰掛け、足をぶらぶらさせながら茶々丸とおしゃべりをする。

「あれは藤の木かしら」

「そうだろ。藤壺っていう部屋の名前はあそこから来てるんじゃね？」

真ん中にある立派な木は、竹を組んだ藤棚（ふじだな）に曲がりくねった枝を密に寄り添わせている。華やかな枝ぶりからして、かなり手をかけて育てられているのがわかった。自然界ではなかなかお目にかかれない風流な大木だ。

「すごい木だけれど……一本だけだと寂しくてかわいそうね」

「花も咲いてないしな。嵐山なら桜も梅も躑躅（つつじ）も全部咲いてるのに」

短い羽根をぴるぴると動かしながら茶々丸が言うと、庭で土いじりをしていた雲丸が立ち上がる。

「それなら、姫さま。桜花精（おうかせい）を呼んで桜をいっぱい植えちゃいましょうよ」

膨（ふく）れた腹の鏡を示し、そこに桜色の長い髪をした細面（ほそおもて）の美女、桜の精を映し出す。彼女はこちらに気づくと手を振ってきた。

「ありかも。ここを桜の木でいっぱいにしたら、人間たち驚くかしら」

と、そこへ野太い男性の声が割り入ってくる。

「姫さま！　お暇ならお勉強あそばせ」

母屋から出てきたのは、巻き上げた御簾に頭をぶつけるほど長身のあやかしだった。指一本で柱を折れそうな屈強な身体(からだ)をしているが、梅襲(うめがさね)の女房装束(にょうぼうしょうぞく)をまとい、顔は元がわからないほど白粉(おしろい)を塗りたくっている。

書物や文を集めるあやかし、文車妖妃の桃丸だ。

性別は男で本人もそれを認めているが、昔から好んで女物の衣をまとい女言葉を使っている。書く文字も仮名(かな)を好むとか。

彼は重い文車を軽々しく肩へ担(かつ)いでやってきて、毬藻の真横へどすんと置いた。

「姫さまは人間に興味がおありながら、いざお勉強となると逃げてばっかり」

「ぎくっ」

人間がちまちまと動いているのを眺めるのは面白いが、詳しい生態まで知りたいわけではなかった。しかし、桃丸は口を酸(す)っぱくして言い募(つの)る。

「女御(にょうご)となったからにはこれまで通りじゃいけません。人間史上、定子(ていし)後宮には清少納言(せいしょうなごん)、彰子(しょうし)後宮には紫式部(むらさきしきぶ)という頭の良い女官が仕えて姫君を支えたのですわ。そんなわけで姫さまにはあたくし！　みっちりお妃教育をさせていただきます」

文箱の中から一冊の書物を探し出し、とある部分を見せてくる。

「ご覧になって。こちら藤壺は清涼殿の一番近く。清涼殿とは帝の御座所の名前ですわ。つまり、藤壺は最も偉いお妃さまのお部屋でしてよ」

「へえ」

「なんですの、そのどうでもよさそうな反応は。古来より様々な宮廷物語で藤壺は女主人公のお部屋になっていますの。つまり帝は現時点で姫さまを一の妃とお扱いなのです。泣いてお喜びなさいませ、さあ。よよよ」

「そういうのよくわからないのよね。恋とかいうんだっけ」

あやかしにも仲間の情はある。男女のあやかしが互いを大切に思ってつがいとなり、子を産む例だってある。だが、毬藻はいまいちぴんと来ていない。

なぜなら仲間とは、自分よりも弱くて可愛くて守るべき存在だからだ。相手から大いに慕われたとしても、対等な関係にはなれない。

（唯一そうじゃなかったのは……夏麦だけ）

先代あやかし王の彼は百年の時を生きる最強のあやかしだった。それが何故か、毬藻が生まれたとたん『お前が王だ』と言って引退し、一切食事を摂らなくなった。

あやかしは人間と違って毎日食べる必要はないし、彼も毬藻と同様に多少食べなくても力が湧いてくる強さがあったから、しばらくは変わらず元気でいた。

夏麦は、生まれたばかりの未熟で力が上手に使いこなせない毬藻を、時には叱り時には慰め、いつも寄り添ってくれた。毬藻が人間を眺めるのが好きで、襲うのをよしとしないと言えば、『お前の好きにするといい』と口ではそっけなく答えつつ、裏では異を唱えるあやかしへ睨みを利かせて黙らせてくれたりした。

彼がいれば何も怖いものはない。

（この世でただひとりだけ、頼れる相手だった。人間でいう親とか家族とかって、そういう感じなのかもって思ってみたり……）

誰より強くて頼りがいのある彼だったが、やはり、年月を経るにつれてあやかしとしての力は弱まっていった。食べないのだから当然だ。それでも彼は『気にするな、寿命だ』と言って笑うばかりだったのだが、一年と少し前、忽然と姿を消してしまい――、

「姫さま！　聞いていますの!?」

突如として白塗りの大きな顔が目前に迫る。桃丸だった。

現実に引き戻された毬藻は、大きく肩を落とす。

（宮廷物語のお勉強だったかしら。そんなの興味ないのだけれど）

　無言で訴えかける毬藻を、桃丸は咎めるまなざしで制し、語気を強めた。

「恋。ええ、恋以上に素晴らしいものはこの世にございません。だって恋には『嫉妬』がつきものですからね、うふふふ。やっぱり姫さまには男女の仲を学んでいただかないと。こちらをお読みになって。さあすぐに」

　桃丸は嫉妬の念から生まれたあやかしで、それが主食なのだ。だからなのか、ねちねちとしつこい性格をしており、一度口にしたら決して意思を曲げない頑固さがある。『源氏物語』と書かれた草紙をぐいぐいと押し付けてきた。

「今そういう気分じゃないのよ……。そもそも、帝とわたしは平和のために手を結んだのであって、恋とか一の妃とかは全く関係ないの」

「そんな調子では先が思いやられますわ。今は姫さまおひとりしか妃がいなくとも、いずれじゃんじゃん入内しましょう。後宮は『あまたさぶらひたまひける』妃たちが帝の寵愛をめぐって血で血を争う戦場に変わりましてよ」

　おどろおどろしい声で桃丸が続けるのを、雲丸が舌を出してあしらう。

「戦場なんて大げさだなあ。それより陰陽師の方が嫌だもん」

「んまあ、あんたは本物の戦を知らないじゃありませんの。よく言いますわ」

「桃丸は知ってるの？」

（あー、訊いちゃ駄目なのに……）

桃丸の演説はいったん始まるとなかなか終わらないのだ。水を得た魚とばかり、鼻息荒く語り始める。

「もちろんですわ。この国で一番大きかったのは百年前の帝の後継争いでしょうけれど、残念ながらあたくし生まれていませんでしたのよ。存じておりますのは、今から五十年くらい前に起こった内乱ですわね。廃太子になった男が東宮位を求めて決起しましてね、都の半分が燃えたものですの。美しゅうございましたわ……」

頰を紅色に染めて両腕で自らをぎゅっと抱きしめる。桃丸は嫉妬の念を食らうあやかしとはいえ、動乱のような派手な出来事はやはり本能を刺激するものだ。夢見心地のまま続ける。

「結局廃太子は負けて隠岐へ配流になりましたけど、一件落着かと思ったらその息子がまたすぐ蜂起しましてね、都は大混乱でしたわよ。もちろん一連の事件はちっぽけな人間たちが、あやかし王の手のひらの上で転がされていただけですけれど」

（夏麦が……）

思いがけず、さきほど思い出していた先代王の話題が出て、毬藻は肩を撥ね上げた。桃丸ははっとして、袖で真っ赤な唇を自ら塞ぐ。

「あたくしとしたことが！　話が逸(そ)れてしまいましたわ。とにかく姫さまはもっと後宮についても書物をお読みあそばせ。これとかこれとか」

幾冊も草紙を投げつけて、本人はそそくさと自分の曹司(ぞうし)へ帰ってしまった。

「毬藻？」

上目づかいの茶々丸が覗(のぞ)き込んでくる。毬藻は下がっていた口角を慌てて上げた。

「大丈夫だってば」

夏麦が行方(ゆくえ)をくらましてすぐの頃は、夜陰に紛(まぎ)れてこっそり涙を流したりもした。けれどその後、人間たちとの諍(いさか)いが激しくなったせいで悲しむどころではなくなっていた。姫として、弱いあやかしを守ることで精いっぱいだった。

（平和になった今だからこそ、改めて夏麦の行方が探せるわ。まずは人間たちと良好な関係を築いて、それから自由に都中を歩き回るの。そうしたらきっと、すぐに会える）

そう思うと元気が出た。

「湿っぽいのは嫌い。せっかくだから遊びましょう。人間みたいな遊びをしてみてもいいわね」

「人間っぽいってどんなのだ？」

「そうねえ……」

桃丸が押しつけていった中から絵巻物を適当に広げてみれば、姫君たちが楽器を演奏する絵を見つけた。

「これはどう？　『管弦の遊び』、庭へ降りてみんなで楽器を演奏するの。楽しそうじゃない？」

「演奏ならばお任せを！」

待っていましたとばかり、楽器の付喪神らが簀子へ出てくる。足のついた箏の琴、螺鈿の模様が全部目になっている和琴、ひょうきんな顔がついた琵琶、怒った表情の鼓、宙を飛ぶ笙などが毬藻を取り囲む。

「せーの！」


——どんちゃんどんちゃん♪

一つ一つの麗しい音色は、それぞれが目立とうと主張しまくり、不規則に折り重なって響き渡る。楽しげな不協和音に誘われて、母屋や曹司で待機していたあやかしたちがぞろぞろと集まってきた。庭へ降り、手のある者は拍子を打ち、足のある者は愉快に踊る。鳥の形をとるあやかしたちは藤棚の上を旋回してさらに賑わいを添えた。

「あはは、なにそれ」

「蛙踊りですにゃー」

三匹の猫又が両手を上に、垂直飛びをしているのを見て、毬藻もお腹を抱えて笑う。じっとしていられなくなり、邪魔な唐衣と裳を脱ぎ捨てて踊りの輪の中へ飛び込んだ。

興が乗ってきたところへ——南方の渡殿からけたたましい足音が割り入ってくる。

「なんの騒ぎだ?」

「あら、帝」

御引直衣を乗馬の時よりいっそう乱している。

「そんなに慌ててどうかした?」

「どうかもなにも、この騒音はなんだ?」

「管弦の遊びよ。あなたも加わる?」

あやかしならば喜色満面でうなずくところを、帝は眉をひそめて静かに息をついた。

「いったん演奏を止めてくれ」

「何故?」

「声が聞こえにくいし、付き添いの者たちがあの通り怖がってしまっている」

差し示された渡殿の向こうを見れば、二人の女房がまるで蜘蛛の格好で床を這っていた。

「お……主上、お待ちくださいませ……」

「わたくし、恐ろしくてとても……」

(え？　なんだかすごく怖がられているみたい)

ふわっと香る彼女らの恐怖の念に、茶々丸が舌舐めずりをした。

「食べちゃだめよ」

頭を撫でてそれを止めてから、一歩進み出る。

「どうして？　わたしたち遊んでいただけなのに」

「音が大きすぎる。雷でも落ちたみたいだ」

(雷……)

門を破壊した責めをぶり返されて、ぐっと詰まる。分が悪い。こちらが引き下がった方がよさそうだ。仕方なく周囲を振り返り、あやかしたちへ告げる。

「みんな、演奏会は終わりよ。続きはまた今度にしましょう」

「はーい」

「中で待っていてね」

彼らは素直に返事をし、ぞろぞろと母屋へ入っていった。

「そなたに随分と従順なのだな」

意外そうに帝が言う。毬藻は人差し指を一本立てて自信満々に告げた。

「みんないい子たちなの。全然怖くなんかないんだから」

そう思うでしょう？　と背後の女房たちへ視線を送ってみるが、「ひっ」と押し殺した悲鳴が上がった。

（取って食いやしないのに）

あやかしがいただくのは感情だけで、肉体を傷つけたりしない。しかし人間たちは、こちらがあやかしだというだけで怖がってばかりだ。

相互理解には時間がかかりそうだった。

（意味不明よ）

「それで？　門の修理は終わった？」

「昨日の今日で終わるはずがない」

「じゃあなんの用？」

「用事というか、ただならぬ騒音を聞きつけて驚きやってきたのだ。今後は先に知らせてくれ。心の準備が必要だ」

まるでこちらの思慮（しりょ）の浅さを責める口ぶりに、毬藻は両袖を広げて大きくため息をついた。

「人間って大げさね。何もできやしない」

「では、庭の散歩などしてみたらどうか？」

帝の提案に毬藻は瞳を輝かせる。

「庭ってどこの？　大きい？」

「目の前にあるではないか。藤壺の庭は後宮の中で最も広く美しい。真ん中に植えられた立派な藤の木は言わずもがな、塀に沿ってびっしりと植えられた菊は見事だし、優雅な曲線を描く遣水も情緒がある。あちらの池の水も澄んで、花など浮かべたらこの上なく優美だ。築山を取り巻く砂利も玉を敷きのべたようで……」

「何それすごい。言葉にすると夢の世界みたい」

だが実際の庭は、まず中央の藤が咲いていないのが致命的だ。しかも一本である。端に咲く菊の花は季節外れで珍しいが、自然のものと比べるとあまりにも元気がなく、しょぼくれている。遣水は当然人工の小川なわけで、見慣れた桂川に比べるとひしゃくの水をこぼした程度。風流な情緒を楽しむ人間と違い、派手さや賑やかさを好むあやかしは、もっと勢いよくたっぷり流れる水の方が楽しく眺められる。

「不満そうだな？」

いささか皮肉げに返され、慌てて繕う。

「いいえ、そんなことはないわ」

「全然嬉しそうな顔をしていない」

「……」

毬藻は自分の頬をむにむにと揉んだ。仮面をかぶるみたいにさっと感情を隠せる技能が欲しい。

「こちらの庭が不足なら、渡殿に沿って桜や竹や梅などもあるぞ。見に行ってみては？」

「桜？　もしかして昨日の陽気で一気に咲いた？」

「桜が好きなのか？」

「ええ。うんと白い花もあれば、びっくりするほど紅いのもあって、全部違う色合いで綺麗だもの。見ていて楽しいわ」

素直にうなずくと、帝は意外だとばかり目を瞠り、軽い提案をしてくる。

「なるほど。いずれ吉野詣でなどしてみるのもよいかもな」

「吉野？　いいわね面白そう。今から行く？」

即座に乗ってみせれば、彼は苦笑を漏らした。

「さすがに無理だな。今は隣の弘徽殿で我慢してくれ。そちらの桜を見に行こう」

すると、床に這いつくばったままの女房が震え声を割り入らせてくる。

「……主上、いけませぬ、別の殿舎（でんしゃ）へ連れていくなど……何かあってからでは遅うございます」

「何かって？」

悪気なく問いかければ、彼女は甲高（かんだか）い叫びを上げて首をすくめてしまう。

（直接話しかけるだけでも怖がっちゃうのね……）

あやかしと人間の間には高い壁が横たわっている。

困ったものだ。

「困ったものだな」

（え？　わたし声に出して言っていないわよ？）

心の声が何故か低い声で具現化されて、目を剝（む）いた。見れば、言葉を発したのは帝だった。

「そなたらには姫の世話係が決まるまでこちらを任せたいと思っていたのに、そう怖がってばかりでは」

「ど、どうかご容赦（ようしゃ）くださいませ……！　化け物に仕えるなど、とても……」

女房は怯（おび）えきって観音様（かんのんさま）にするように両手を擦り合わせた。

（化け物）

傷つきはしないが、せっかく桜で盛り上がっていた気持ちが萎んだ。

「お世話係なんて必要ないわ。特に困っていないもの」

入内に当たっては女性側で自分の側仕えを用意するものだと桃丸が言ったので、仲良しのあやかしをたくさん連れてきている。物理的に殿舎に入りきれない大きさの子たちには帰ってもらったが、茶々丸や雲丸をはじめ五十ばかりのあやかしがまだ身近に残ってくれていた。

「姫、そういうわけにはいかないのだ。宮中には儀式や決まり事などがいろいろあり、人間の風習を指南する者が必要だろう。食事一つでも台盤所から運んでこなければならないが、右も左もわからぬはずだ」

「そうかもしれないけれど……」

こちらを化け物呼ばわりして、床に這いつくばっている人間に世話をしてもらうのはいい気分ではない。見れば、嫌がって涙まで流している。かわいそうだ。

「じゃあ、帝。あなたがそういうの全部、教えてくれたらいいんじゃない？」

出し抜けに言えば、疑り深そうな声で繰り返してくる。

「わたしが？」

「だってあなたは最初からわたしたちをちっとも怖がっていないもの。珍しいし、適任よ」

事実、昨日から今日まで毬藻と真正面で向き合ってくれたのは彼だけだった。

発する感情は乏しいが、見方を変えれば、悪くは思われていないということだ。

「さっきも言った通りお世話は必要ないから安心して。あなたがちょくちょく顔を見せて、直に用事を伝えてちょうだい。簡単でしょう？」

あいだに他者を挟むよりよほど効率的でいい考えだ。

けれど帝は、納得しがたいとばかり眉をひそめる。

「わたしに足しげく通えと？　著しい寵だと噂が立ちそうだな」

「なんの噂？　まずいの？」

きょとんとして首を傾げれば、帝は投げやりな雰囲気を醸し出す。

「意味が伝わらないようだ」

「おかしいわね。言葉は同じはずだけれど……？」

頭の中が渦潮のごとくぐるぐる回る。

目と目を交わして会話をしているのに、どうしてもわかりあえない。間に海でも挟んでいるみたいだ。

先に諦めたのは帝だった。

「まあよい承知した。なるべくわたしが直々に通ってこよう。ところで、桜はどうする？」

「行くわ！」

これ以上よくわからないことを気にしても仕方がない。

毬藻は意気揚々と拳を挙げる。

「二位の局、弘徽殿へ先導せよ」

「ですが……」

「ならばここに残るか？」

二位の局と呼ばれた女房は青ざめながら首をぶんぶんと横に振る。あやかしの巣窟へ置き去りにされたらとんでもないと言いたげだ。

結局帝の命には逆らえないと観念したか、女房二人は東へ向かって歩き出した。毬藻は帝と並んでそれに続く。

（この機会に少しでも人間について知って、仲を深めないと）

毬藻は横目で帝を窺いながら、いつもより遠慮して話しかける。

「質問があるの。いいかしら？」

歩みを止めないまま、帝は答える。

「かまわない。なんだ？」

「人間のお姫さまは太陽が苦手なの？　陽に当たると肌が溶けちゃうとか？」

純粋な疑問をぶつければ、彼は額を押さえた。呆れ半分、純粋な疑問半分といった声音で言う。

「……何故そう思ったのだ？」

「だって、母屋がずいぶん奥まっているから。あやかしにもそういう子はいるのよ。太陽が苦手で、影とか夜とか好むの」

「姫もそうなのか？」

「わたしは違うわ。むしろ正反対。夜は視界が狭くて動きにくいの」

「なるほど。では人間の姫君のごとき暮らしはさぞ息苦しかろうな」

思いがけず同調を得て、毬藻は大いにうなずく。

「だからこういうふうに外を歩くのは好きよ。人間がわたしを怖がらなくなったら、もう少し自由に出歩けると助かるわ」

「善処しよう」

（意外に話がわかるのね）

人間全般と仲良くしようと意気込むより、まずはこの人に集中するのが早そうだ。

無難なところから会話を探る。

「弘徽殿ってどういうところ？　藤壺は、あなたの居場所に一番近くて便利な部屋だって聞いたわ」

早速桃丸から教わった人間情報を偉ぶって挿入してみると、帝は少し驚いた様子で目を瞠った。

「よく知っているな」

「でしょう。一通り学んだから」

自然と胸を張っている自分がいる。

「ならば弘徽殿も藤壺と並んで中宮（ちゅうぐう）となりうる有力な妃（きさき）が住まう場所だとわかっているのではないか？」

「そうなの？　え、中宮？」

「……全然知らなそうだな」

「ん、んんー？」

早速付け焼刃の知識にボロが出て、毬藻は視線を彷徨（さまよ）わせる。

こちらの知ったかぶりを彼は窘（たしな）めはせず、あっさりと教えてくれた。

「中宮とは妃の中で一番身分の高い者だ。ちなみにそなたは女御（にょうご）。中宮の次なる身分を与

あ
えられている。その下には更衣、さらに女官としての仕事を受け持つ尚侍や典侍などもある」

「そうなんだ！　わたし結構偉い方なのね」

「結構どころか一番だな。他に妃はいないし、今後も娶る予定はない」

「嘘、なんで？」

桃丸の話では、今後あまたの姫君が入内してきて寵愛を競うと聞いたのに。けれども帝は飄々としている。

「別に必要がないからだ。すでに跡継ぎの東宮はいとこに決まっているし、わたしが子をなせば新たな争いごとの種を蒔くことになりかねない」

彼は傍らに生える、幹が龍の鱗のように毛羽立った棕櫚を見上げた。大きな葉がひらりと床へ落ちてきたのを拾い上げる。裏側を確かめるふうに顔の前に掲げると、まるで仮面をかぶったようにその無表情が見えなくなった。

「こんな血筋絶えてしまえばいい」

（っ、なんで突然？）

ひどく不穏な発言をこぼすから、面食らってしまう。感情は閉ざされているのに、全くもって上機嫌ではないのが丸わかりだった。

「何故？　人間って子孫繁栄を願うものではないの？」

彼は扇形の葉を外へ投げ捨てた。ちらりとこちらを見やり、温度のない目で言う。

「そもそも、わたしに娘を嫁がせたい公卿もいない」

「理由を聞いても？」

「……」

少し考えるような間を置いた後、彼は本気とも冗談ともつかない声音で告げてくる。

「財産がないからかな」

「はい？」

あっけに取られて彼を見つめた。本気とは決して取れない。

「六年前践祚した時に大掛かりな法要を行い、私財のすべてを市井へ分け与えた。大反対を押し切った形で」

しかし、告げられたのは思いもよらない事実だった。

（六年前の法要……ってもしかして）

自分の生まれた瞬間の記憶が、どっとよみがえってくる。

毬藻の誕生のきっかけは、まさにその六年前。都で行われた帝発願の法華経千部の供養だった。

その前年、大きな地震があって多くの人間が亡くなり、その上、日照りと不作が続いて民が苦しんでいたのを慰撫するためだったらしい。

都各地の寺で同時に法要が行われたその日、国庫や貴族たちが荘園に蓄えていた米がすべて民へ開放された。おかげで命を救われた瀕死の人々は、それぞれ胸に帝への感謝の念を抱いた。

一人一人の小さな想いが、十万人を超える念となって大きく膨らみ一つに合わさり……毬藻が生まれた。だから毬藻は、感謝や喜びの念を食すあやかしなのだ。

目の前に文字で書かれたように真実が浮かび上がる。

（ということは……わたしはこの人のおかげで生まれたのね？）

思わず尊敬のまなざしを向けてしまう。

（ありがとう、ありがとう！　恩人だわ、あなたは。わたしの）

興奮のまま、褒め言葉をほとばしらせる。

「偉いのね。あなたって無欲の人？」

そういえば初めに会った時、尊敬される帝になりたいとか言っていた気がする。

「無欲？　まさか、欲まみれだ。姫はこの国の歴史を知らないのか？」

なのに、彼のまとう空気は冷え切っていて、こちらの情熱が空回りする。

「ええと……」

言い淀んでいるうちに、前方に殿舎と殿舎を隔てる立蔀が現れた。女房二人がこちらを振り返り、帝がうなずく。立蔀はゆっくりと音を立てて開かれた。

「あちらが弘徽殿だ。行くぞ」

心なし彼の足取りが早くなる。毬藻も遅れじと歩調を速めた。

南北に続く馬道には、松の木が寄り添うふうに並んでいる。松の下には萩やすすき、撫子などが植えられ、どんな季節でもなにかしらの植物が楽しめるようになっていた。

その向こうに、薄紅色の花が見えてくる。

「見えるか？　桜だ」

「わ……」

思わず駆け出すと、前方の女房たちが恐れをなして脇へ避ける。

西廂に沿って、桜が咲いていた。多胎児のごとく全く同じ色の花を咲かせた木が五本、こぼれるように枝を広げている。

「不思議、全部同じ色で同じ形をしているわ」

嵐山で見慣れた山桜は二つと同じ物がない。なのにここの桜は、色も形もそっくり複製したみたいだ。五本も。開いた口がふさがらない。

（もっと近くで見たい）

とっさに欄干を乗り越えて庭へ降り立った。背後で女房の悲鳴が上がるが、気にしていられない。

改めて、桜の幹に寄り添って天蓋を真下から眺めやる。真昼の太陽が隙間から金砂のごとくきらめいて目に刺さった。

「素敵ね！　見せてくれてありがとう」

振り向きざまにお礼を言えば、帝は真顔でこちらを見つめていた。雲間から出し抜けに現れた日の光を、神と見立ててすがるような瞳で。

「……藤のはつかに　見えし君はも」

何かつぶやいたようだが、よく聞こえない。代わりに、咲き初めの桜のごときかすかに甘い香りがふわりと漂った。

（え！　またこの匂い）

発したのは女房か帝か。

（桜が綺麗で思わず喜びが溢れたとか？）

風流を好む人間ならありえそうだが、どうみても女房は恐れおののいて柱に縋り付いているし、帝は到底喜んでいるとは見えない難しい表情をしている。どちらが発したのかわからない。

（それなら……）

階に座り、探るつもりで誘う。

「あなたたちもこちらへ来て眺めましょうよ」

反論せず毬藻の提案に従ったのは帝だった。隣の隙間へ身を滑らせてきた。

（ちょっときつくない？）

優美な面持ちながら彼は体躯が立派なのだった。かといって今立ち上がれば、誘った手前示しがつかない。仕方なくそのまま語る。

「あの木、みんないい枝ぶりね。あそこのこんもりした所に留まったら気持ちよさそう」

「木登りが得意なのだな」

感心したふうではなく、どちらかというと確認のような声音だった。

「登るっていうか飛ぶのよね」

「身軽で羨ましい」

「あなただってそうじゃない。単騎で嵐山へやってくるなんて。みんなに怒られたりしなかったの？」

するとと、帝はにわかに額へ手を当てる。図星をついたらしい。

「なんか揉めた？」

「まあ少し」

「入内の日取りがなかなか決まらなかったのも、もしかして？」

「……」

　無言が肯定を示している。

「みんなの反対を押し切って私財を投げうったり、あやかしに婚姻を申し入れたり、あなたって結構独断で動いちゃうのね」

「よいと思ったことは実行する。それだけだ」

（わたしとの婚姻を『よい』と思っているのね。意外）

　和平のために渋々選んだ道というわけではないらしい。

　新しい光が見えた気がした。

「いいんじゃない!?」

　毬藻はつい大きな声を上げて立ち上がった。

　両手を胸の前で組んで振り返れば、帝はやや驚いた面持ちでこちらを見ていた。

「わたしもそういう感じだから。好きなこと好きなように進めちゃうの。だから、仲良くなれそうね」

「……」

ほんの一瞬、彼の口元が揺らいだ。

けれどもすぐに引き結ばれる。視線が逸らされ、そっけない声が続いた。

「桜……それほど好きならば、藤壺でなく弘徽殿へ入ってもらえばよかったな」

（あれ？　桜の話をしていたわけじゃなかったのに）

あやかしと人間だからか、会話が嚙み合っていない。

まあいいや、と毬藻は話を合わせた。

「あの桜たち、みんなそっくりで不思議よね。仲良し兄弟なのかしら」

とたん、ぴりっと空気が張り詰めた。

（え……？）

思わず帝を凝視する。さっきまで無表情ながらどことなくあたたかな雰囲気に包まれていたのに、一気に真冬を迎えたかのごとく冷え、固く閉ざした唇はかすかに震えている。

「どうしたの？」

「別に。その桜は兄弟でもなんでもない。雑色が都中を探して似た木を持ってきただけだ」

じわじわと彼の念が漏れてくる。

怒りとも恐れともつかない負の心。感情の起伏があまりない人なのかと思っていたが、そうではなく隠しているだけらしい。

今も必死に抑えつけているのがわかる。目の奥に隠した秘密を、決して読み取らせようとはしない。

「怒ったの？　何かわたし、変なこと言った？」

桜が兄弟とかいう話のどこに問題があったのか。

「いや。そろそろ戻ろうか」

「いいけれど……」

足の裏を払って階を上がる。

再び女房が先導し、もと来た馬道を歩き始めた。帝と毬藻の距離は微妙に離れ、互いに顔も見ない。

しばらくして、無言だった帝がぽつりと話し始める。

「……姫はわたしが無欲と言ったが、思い違いも甚だしい。我々一族の歴史を繙けばよくわかる」

「どんな歴史？」

「今から約百年前、都中を震え上がらせた騒乱があった。双子の皇子の激しい跡目争いが起こり、市井（しせい）を巻き込んで都を大火で包み込んだ」

「あ、それは知っているわ」

毬藻はつい声音を高くする。

何を隠そう、先代あやかし王の夏麦はその時誕生したのだ。彼から経緯を聞いたことがある。鼻を高くしてぺらぺらと知識を披露した。

「権力闘争に勝ったのは兄宮（あにみや）で、負けた弟宮（おとうとみや）は屋敷ごと焼かれてしまったのよね。その火事で都ごと燃えちゃったから、多くの民が死んでしまって、再建までにとても時間がかかったんでしょう？」

当時、弟皇子（みこ）の深い恨みの念から夏麦は生まれた。だから彼は、宮中における権力闘争で生じる悲喜こもごもの感情を好んで食した。

由来となった弟宮の恨みは相当深かったらしく、夏麦のあやかしとしての力は強大だった。彼は人心を操る力を持っており、最初は内裏（だいり）の東側、東三条（ひがしさんじょう）辺りの森に棲（す）んだ。すると、人間はそこを『鵺（ぬえ）の森』と呼んで討伐隊（とうばつたい）を差し向けてくるようになったから、静かな郊外の地を求めて北東の賀茂川（かもがわ）と高野川（たかのがわ）が交わる三角地点にある糺（ただす）の森へ移った。そこは人間にとっては下鴨（しもがも）神社の神域であり、むやみに武器を持った者が入り込まなくなって都合がよかった。そうして夏麦は、数年に一度大内裏へやってきては人々へ浅ましい権力欲をかきたてさせた。

『人間というものは矛盾ばかりの生き物だ。神仏を崇め恐れながら、決して正しい振る舞いばかりを好むわけではない。特に権力欲には底がなく、ちょっと刺激してやれば、すぐに争いを始めるのだ』

そう懐かしげに語っていたのが昨日のように思い出される――。

帝は太い声で毬藻の知識を肯定した。

「その通り。欲まみれ、曰くありきの我が一族というわけだ」

（それで無欲じゃないって？）

彼をじろじろと観察する。

いつの間にか、頬に氷でも当てたようなひどい顔色をしていた。

（まるで自分の罪を告白しているみたい）

にわかに違和感を抱いて、尋ねる。

「その双子の皇子っていうのは、あなたのお父さんとかお祖父さんなの？」

「まさか。十五代前の帝だ」

「そんなの他人も同然じゃない。っていうか……人間って思ったよりも短命なのね！」

百年で十五人も変わるとは、一人当たり十年もない。驚きのあまり、開いた口がふさがらない。

「別に寿命がきて帝位が交代するわけではない。ほとんどが権力争いだ。我こそが次代の帝だと剣を取る者もいれば、わが子を東宮につけたいと暗躍する妃もいた。貴族たちが自家に都合のよい帝を立てようと奔走するあまり、一年で三人もの帝がすげ替えられたこともあった」

ひとたび跡目争いが起きれば、都には負の感情が蔓延する。悪しきを好む強いあやかしが増え、混乱が混乱を呼ぶ時代は続く。貴族たちは権力闘争に夢中で、土地は痩せ、民は飢え、多くが不満を抱えて死んでいく悪循環となった。

「夏麦が好きそうな展開だわ」

思わずつぶやきが漏れてしまう。負の感情を食す大半のあやかしにとって、さぞや食事に事欠かない百年間だったのだろう。

「夏麦？」

すかさず疑問を差し入れられて、何気なく答える。

「先代のあやかし王よ」

元々あやかしに名前はない。人間の真似をして、毬藻が身近な友へ茶々丸やら雲丸やら名付け、好き勝手に呼び始めたのがきっかけだ。

──夏麦はある日突然、神妙な面持ちで言ってきたのだ。

『雀や雲外鏡に名前を与えたように俺にもつけろ』

毬藻は適当に返した。

『んー、じゃあ夏丸』

『何故』

『今が夏だから』

不愉快さを隠しもせず、彼は速攻で否定してくる。

『だめだ。もっと真剣に考えろ。それと何某丸というのは却下だ。俺は他のあやかしとは違う』

『わがままねえ。……それなら、夏麦。どう？　わたし麦が大好きなの。金色でぷちぷちしていて、すごくおいしい』

『いいだろう』

尊大な態度ながら、彼は目もとだけをほのかに緩ませていた。じわっと優しい感謝の念が漏れてきたけれど、指摘されたくなさそうだったから、咳き込むふりをしてこっそりといただいた。

『礼としてお前の名前は俺がつけよう。お前は今日から毬藻だ』

『毬藻！　なんで？』

『さあな。なんとなく適当だ』

さっきの仕返しだとばかり、瞬きもせず飄々と言ってくる。

『嘘。ちゃんと理由を教えてよ。じゃないと、風切り羽を引っこ抜くから！』

冗談交じりに彼の翼を摑んでやれば、さすがの彼も目を剝いて羽毛を逆立てた。

『恐ろしいことを言うな！　仕方ない……では、俺が寿命を迎えて消滅する日が来たら、そのとき教えてやる』

――そんな軽口じみた楽しいやりとりがずっと昔のよう。

（わたしまだ名前の由来を聞いていない。夏麦、どこにいるの？）

感傷的になっていたところへ、帝の冷ややかな声が切り込んでくる。

「あやかし王とは、鵺のことか」

はっとして毬藻は立ち止まり、食ってかかる。

「知っているの？」

「当然だ。顔が猿、身体は狸、足は虎、尾は蛇で身体からは黒煙を発し、怖ろしい声で鳴くのだろう」

「へっ」

あまりの形容に、毬藻は目を丸くした。

「とんでもない妄想ね。夏麦はそんなのじゃない」

何一つ合っていない。『夜』の『鳥』という漢字に相応しい大きな黒い翼を持ったあやかしだが、その姿形は人間と変わらず、人間よりも美しい。静かで厳かな性格で、彼が傍にいると毬藻は安心して眠りにつけた。何者にも代えがたい大切な存在だった。

「今その鵺はどこにいる？」

「どこにって……わたしが知りたい」

いっそう前のめりになって、帝の衣を掴む。毬藻の目には、研ぎ澄ました刃のごとき強い追及の光が灯っていた。振り向いた女房たちは、主人が食われるとばかり青ざめる。

「夏麦は行方不明なのよ」

「何？」

帝はやや声を裏返した。まるで初耳だとばかりに。

毬藻は少しだけ身を離し、俯瞰して彼を観察する。

「どこにいるか、あなた知らない？」

「知らぬも何も、そなたこそ何を言っているのだ」

毬藻の細めた目には、帝の困惑に満ちた瞳が映る。

彼は嘘をついていない。それどころか、今度は逆に毬藻に対する疑義の色を浮かべてきた。

「国母を殺した犯人はまさにその鵺ではないか」

(はあ?)

帝の一言は、無理やり蓋をしていた毬藻の心の傷を真上から突いてきた。湯が沸くようにいら立ちがこみ上げる。

「あなたこそ何を言っているの? 夏麦が消えたのは事件よりも前よ。捜しても捜しても全然気配が掴めなかった。そんな最中に起こった出来事に、彼が関わっているはずがない」

跡形もなく行方をくらますなんて、まるで死んでしまったみたいだ。

あやかしは死ぬと霞のように姿形が消えてしまう。実際彼は、数年間食事を摂っていなくて弱っていた。毬藻が人間を襲いたくないと言ったからだ。

『お前が望むのなら、そうしよう』

一切の食事をやめた彼を何度か諫めてみたが、徒労に終わった。

『何も食べないのは駄目よ。人間たちは日々の暮らしの中でも怒ったり喧嘩したりするわ。その念を食べたらどう?』

『俺はもう十分生きた。食べるのはその辺の果実くらいでいい』

──そんな状態の彼が、国母を襲うはずがない。

（でも、死んだなんて考えたくない！）

きっと陰陽師のせいだ。あの頃から、人間はあやかしに対して見当違いの恨みを募らせ、陰陽師を差し向けてくるようになった。夏麦はきっと不意を衝かれたか何かで捕まったのだ。そして、そんなことができるのは、内裏に仕える力の強い術者しかいない。

「ねえ、大内裏には陰陽寮っていう名だたる陰陽師の集まる場所があるんでしょう？　連れていって。帝のあなたなら可能よね？」

夏麦はそこに囚われているかもしれない。

「陰陽寮だと？　それは無理だ」

即座に打ち砕かれて、毬藻は瞬間的な怒りを覚えた。

「やましいの？　ひょっとして、夏麦を捕まえて隠しているとか」

「どうしてそうなる。陰陽師の中にはあやかしを憎む者が多い。そなたが平和的に訪問できるような場所ではない」

「やっぱり何か隠しているのね」

むきになってしがみつくが、帝の声はいっそう低くなる。

「そもそも論点がずれている。何故我々が鵺(ぬえ)を捕らえたという話になっているのだ？　言うなれば逆だろう。そなたらが真犯人の鵺を隠しているのではないか？」

「真犯人ですって⁉」

至近距離でぎりぎりと睨(にら)み合う。

「……主上(おかみ)、そろそろお戻りになりませんと」

女房(にょうぼう)の震え声に止められて、決着はつかないまま別れの時間を迎える。

「──ともかく、しばらくは藤壺でおとなしくしていてくれ」

冷ややかに言い残し、帝は去っていった。毬藻は大きなむなしさに襲われて、その場にへなへなと座り込む。

(うまくやっていけそうと思ったのにな)

あやかしと人間、やはりなかなか相容(あいい)れないのだった。

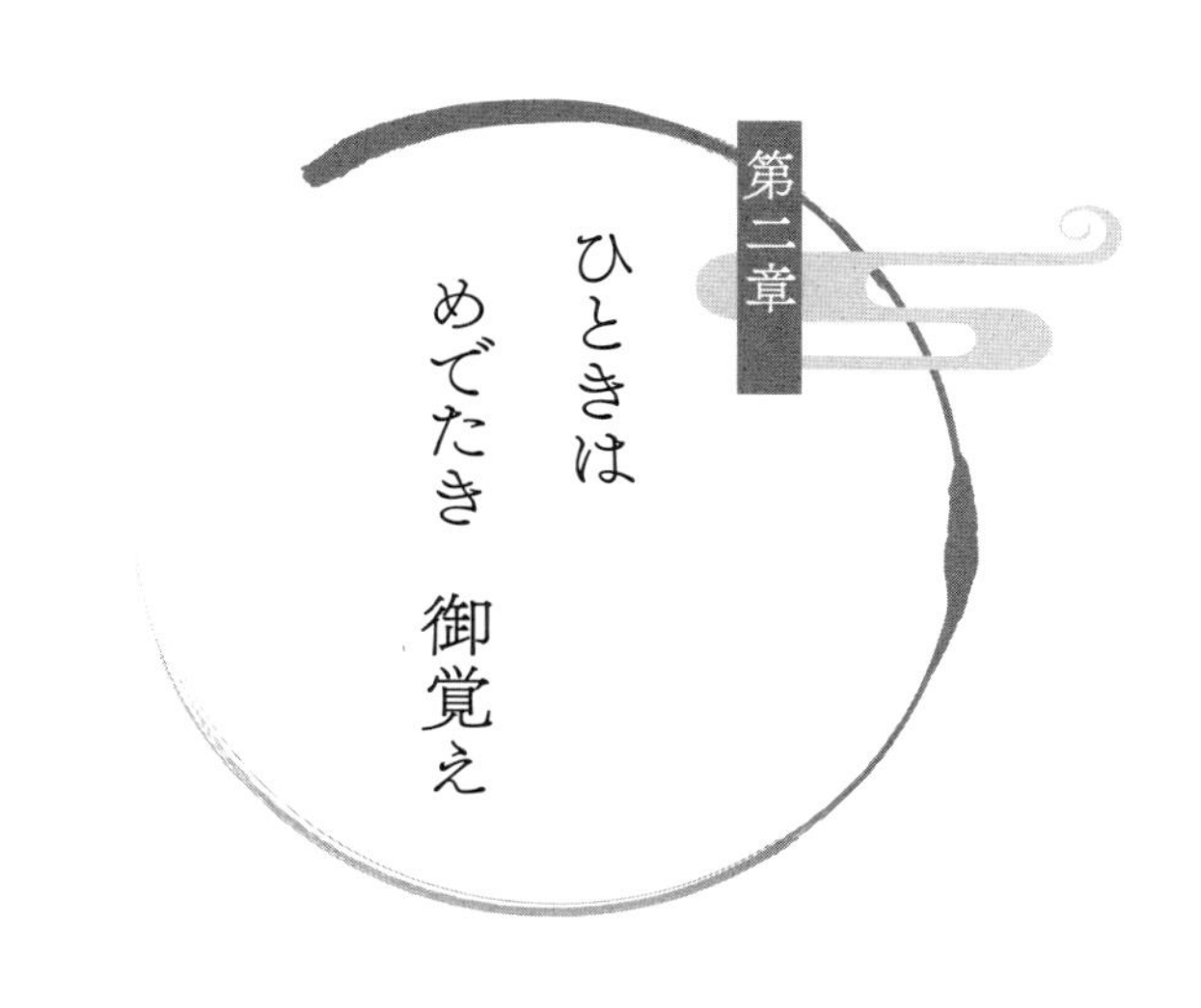

第二章　ひときは　めでたき　御覚え

それから三日、帝と会っていない。

紫雲たなびく空のもと、ほのかに夕靄の立つ壺庭で、毬藻は若草の芽を摘んでいた。

「見ろよ、ぷるぷるのやつあったぜ」

茶々丸が黒光りしたくちばしに萌黄色の芽を咥え、肩へ留まってきた。

つられて小鳥が親鳥から餌をもらうふうに唇を開けば、ぽいっと若芽が放り込まれる。

「んむっ、新鮮」

「だろ？　もっと探してきてやるからな」

人の念を主食にするあやかしだが、それしか食べないわけではない。生まれつきの姿形――例えば茶々丸なら雀――が好む物も嗜好品として食べる。

「心地よき」

遣水でばっしゃばっしゃと勢いよく水しぶきを撥ねさせているのは、赤へるの瓢箪丸だ。赤くてそら豆に似たずんぐりした身体とつぶらな瞳を持ち、どこを触っても柔らかいから、毬藻はときどき抱き枕にさせてもらっている。本人は可愛い見た目に反して無口で硬派な性格をしており、そんなところもまた可愛い。

「姫さまぁー、見てみて！」

遣水の終着点には池が広がり、その中州には築山があった。そこを、雲丸が上ったり下りたりして遊んでいる。時折腹の鏡が太陽を反射してまぶしい。

「転ばないでね」

「へっちゃらだーい」

住めば都とはよく言ったもので、意外とみんな楽しんでいる。反して人間たちは、相変わらず怖がってこの辺りへ近づかない。

（帝もね……）

密かな苛立ちと静かな鬱積に、ため息をつく。すると、さらなる盛大なため息がそこに重なった。母屋で書物の整理をしていた桃丸が、これ見よがしに何度も息をつきながら近づいてくる。

今日の姿は白から蘇芳の濃淡を重ねた五つ衣の上に、月草で染めた表着を重ね、腰には透き通る絹の裳、頭には白銀の釵子を載せている。二藍と女郎花を合わせた小袿姿の毬藻がみすぼらしく見えるほど飾り立てている。

「は〜あ、恋、ですわね」

衣裳の美しさと反する野太い声で、ちらっちらっと流し目を送ってくる。

「あんな小さな池に鯉が泳いでいるの？」

前方の庭を視線で示せば、桃丸は大げさに肩を落とした。

「頓珍漢なことをおっしゃいますな。恋とはうきうきドキドキはらはらの恋心ですわ。姫さまったら、この三日間物憂げなお顔をされて、ため息ばかりで。すっかり人間の帝に心を奪われておしまいなのですね」

「へえ、これが恋なの？」

意外な指摘に目を瞠る。

（うきうきとは違うしドキドキもしていないけれど、はらはらはしているかも）

口論に近い形で別れたまま彼とは会っていない。もしこのまま仲違いとなれば、せっかくの和平がまた反故になるかもしれない。

それは困る。嫌だ。そういう意味ではらはらする。

「どうすればもっと仲良くなれるかしら」

素朴な疑問に、桃丸は真っ赤な唇の端を吊り上げた。

「あたくしにお任せあそばせ！　姫さまは初心でございますから、全部一から教えて差し上げます」

「心強いわ。どうしたらいい？」

「やはり、いちゃいちゃするのがよいでしょうね。姫さまのように可憐な女子に求められたら、どんな殿御もころっと参ってしまいますわ」

やる気満々の口ぶりに乗せられて、毬藻もつま先立ちになった。

「いちゃいちゃって、どんなふうにするの？」

「あーもー本当にお可愛らしいおっしゃりよう。そうですわね、姫さまにわかりやすく喩えるならば、鴛鴦の夫婦がお互い毛づくろいし合っている姿を想像なさってくださいませ」

（なるほど。人間ならば髪の毛を梳き合うとかかしら）

ぼんやりと考えていれば、桃丸は勝手に「きゃー恥ずかしい」と頰を染め、ひとしきり悶え、最後にきりっと表情を引き締めた。

「お覚悟はできましょうや？」

「もちろんよ。任せて」

どんと胸を叩いてみせれば、桃丸は笑み崩れる。

「さすが姫さま。では、今宵は夜御殿へ参りましょう」

「どこ？」

「藤壺からはすぐ南、帝と妃が過ごす寝所ですわ。妃として夜のお勤めを果たすのです」

（お勤め……鐘でもつくのかしら）

夕方に時を告げる寺社の鐘を思い浮かべた。

しかし、髪を梳き合うのに夜である必要はないはずで。

（あ、そうか。昼間は門の修理で忙しいのだものね）

納得して、大いにうなずく。

「わかったわ。夜になったら乗り込みましょう！」

元気よく答えると、庭で遊んでいた面々が手を止めた。

「乗り込み？」

「何それ、面白そう」

「みんなも行く？」

調子に乗ってつい尋ねれば、場は盛り上がった。

「わー行く行く、乗り込みヤッホー！」

「乗ーり込み！　乗ーり込み！」

あやかしは賑やかなことが何より好きなのだ。かくいう毬藻も例に漏れない。

「ちょ……姫さま、何をおっしゃいますの。皆を引き連れてぞろぞろと向かう場所ではございませんのよ」

桃丸だけが慌てているがなんのその。

「じゃあ桃丸はお留守番ね」

「んまあ！　とんでもない。あたくしが先導しますのよ！　絶対に譲(ゆず)れませんからね」

やはり桃丸とてあやかし。楽しげな輪から外れるなど絶対に許せないのだった。

毬藻はすでに足の裏がうずうずしている。

（楽しみ。早く夜にならないかな）

簀子(すのこ)を端から端まで行ったり来たりしながら、その時を待つ。

やがて、表に響いていた木づちの音が止み、日暮れが訪れた。

「参りましょう」

期待のあまり鼻息を荒くする桃丸に先導されて、あやかし一行は渡殿(わたどの)を歩く。

「何が出るのかわくわくするなあ」

「雲丸ったら、肝試(きもだめ)しみたいね」

「おととしの夏、桂川(かつらがわ)のほとりで夜みんなして脅(おど)かし合ったの、楽しかったですね。またやりたいな」

「今年はきっとできるわよ」

そのためにも人間と揉(も)めるわけにはいかない。いざ、帝といちゃいちゃ作戦決行だ。

さすが藤壺は帝の御座所(おましどころ)に一番近いだけあり、まもなく妻戸(つまど)が見えてくる。

ふいに先頭の桃丸が足を止めた。

「なんだか……とても嫌な気分がいたしますわ」

胸もとを押さえ、苦しげな声で訴えてくる。ほぼ同時に、毬藻の肩先を飛んでいた茶々丸が水に沈むように床へ落ちていった。

「どうしたの!?」

「毬藻……俺も苦しい」

「姫さまぁ、おいらも……」

ついさっきまで浮かれていた雲丸も腹の鏡を抱えて屈む。他にも身体の小さな子たちは特に不調を訴え、その場にへなへなと座り込んでしまった。

「まさか陰陽師(おんみょうじ)?」

はっと気づいて前方を振り返る。閉め切られた妻戸から妙な感じがした。

戸の向こうに陰陽師がいてあやかしを調伏(ちょうぶく)しようとしているのだとしたら、さすがに具合が悪いだけでは済まない。

(じゃあ何?　戸が変?)

ひょっとしたら裏側にあやかし退治の呪具などが仕掛けてあるのかもしれない。

「みんなここにいて。わたしがなんとかする」

小走りで戸へ向かい、指先で触れた。ぴりっとした痛みが走る。

「あっつ……。これ、きっとお札ね」

そこまで強いものではない。少し胃の辺りがむかむかするくらいで、触れるや否や退治されるような代物ではなかった。けれど、毬藻以外は苦しそうだ。

（みんなを守らなきゃ）

火の玉を投げつけて戸を燃やしたりすれば、南門を壊したみたいに騒動になる。今回は小さな鬼火を作って、戸の木目に沿って慎重に手を這わせた。低温でじりじりと焦げていく木の板からは香ばしい匂いが立つ。

時間をかけてじっくり燻して、戸を炭にした。仕上げに軽く叩けば、炭は砕けて落ちる。白い灰がぶわっと舞った。

（なんとか根源は断てたかしら？）

ほっと一息つきかけたと同時、

「何者だ！」

奥や庭から衛士が駆けつけてきた。松明を掲げて毬藻たちを取り囲む。

「ついに本性を現したな」

「化け物め、ここは通さぬ！」

（どうして？　まさか近くで見張っていたの？）

そう考えたくなるくらい絶妙な間合いでの登場だった。

札を取り除いたとはいえ、毬藻を除くあやかしたちは弱っている。こんな状態で攻撃されたらたまらない。

毬藻は責任感を胸に、眉を吊り上げて前へ進み出た。

「やめて。何も悪いことなんかしていない」

けれど人間たちは殺気立った。太刀を抜き、じりじりと扇状へ広がる。

「札が効かぬとは……やはり陰陽師を呼ぶしか」

(陰陽師？　それは困る)

相対する人間たちは武器を手に毬藻を威嚇してはいるものの、完全に腰が引けていた。よく見れば皆、顔を赤くしたり青くしたりしている。

結局のところ見掛け倒しで、本音ではひどく怯えているのだ。しかし、陰陽師は違う。やってくれば容赦なく攻撃をしかけてくるだろう。

(ここはわたしが引くべきだわ。穏便に)

一歩間違えば、諍いの日々へ逆戻りだ。今回の入内が全く意味のないものになってしまう。

できるだけ朗らかに身をひるがえす。明るく皆へ告げた。

「さーて、夜の散歩はおしまい！　楽しかったわねえ。帰りましょう」

突然の変わりように人間たちは意表を衝かれた様子で固まる。そちらへも、友好的にひらひらと手を振ってみせた。

「みんなまたね！　よい夜を」

あやかしたちを急かして、背中を強引に押しながら毬藻は引き返す。

背後では、人間のあからさまな安堵の念が広がった。


その日は夜通し妻戸の修理が行われていたらしく、近くで木づちを叩く音が響き渡っていた。

普段は夜も賑やかなあやかしたちだが、札の一件で疲れ果てた子たちは母屋でぐっすりと眠りについた。

毬藻はなんとなく眠るに眠れず、そのまま朝を迎えた。

（退屈しのぎに絵巻物でも眺めようかしら）

御帳台の中で寝ている抱き枕代わりの瓢箪丸と、お腹丸出しの雲丸を残し、母屋の床で雑魚寝している餓鬼たちを踏まないように几帳をどけた。御簾から差し込む淡い陽射しに巻物をかざし、薄目で眺め始める。

まもなく、誰かが渡殿を歩いてくる音を聞いた。

「帝?」

中から声を掛けて片手でひょいっと御簾を上げる。

慌ただしい衣ずれの音とともに、桜襲の直衣姿の帝が二位の局らお馴染みの女房を二名つれて現れた。徹夜でもしたのか、朝だというのに纓のついた冠からはこぼれた髪が乱れている。お付きの女房たちはやはり腰を低くして周囲を窺い、戦々恐々としていた。

「おはよう、久しぶりね」

嫌みを言ったつもりはなかったのだが、帝は冷ややかな目線を送ってくる。

「わたしが何を言いに来たかわかるか?」

「もしかして昨日の件? 謝りに来てくれたとか?」

こちらが会いに行くより先に来てくれたとは、まだ和平の道は断たれていない。嬉々として尋ねると、彼の声は低くなった。

「何故こちらが謝るのだ。そなた昨夜、上御局の妻戸を燃やしたな」

「もっ燃やしたけれど……あれは」

「まさかだが真面目な話、あやかしには戸を開けるという概念がないのか?」

胡乱なまなざしを向けられて、毬藻は喉の奥から変な声が出た。
（謝りに来たどころか、こっちが謝る感じ？）
だが、怒っているわけではなさそうだ。そこが不思議だった。昨夜の衛士たちのように
あからさまな敵意は向けてこない。
「……さすがにそこまで無知じゃない。普通の戸なら開けて通るわ」
「朱雀門も妻戸も普通の入り口なのだが」
（あれ？　もしかして帝はお札が貼ってあったのを知らない？）
ふと生じた疑問に、妙に納得している自分がいた。
（わたしの入内は帝の独断で、周りにはまだ反対されている感じだったもの）
彼が札を貼るのなら、わざわざ毬藻に見えない裏側に忍ばせる必要はない。堂々と表側
に貼って『ここから先は入るな』とけん制すればいいのだ。
（じゃあ、下手に告げ口しない方がいいわよね……）
無駄な波風を立たせず、場を収めたほうが得策だ。今後毬藻は人間たちとうまくやって
いきたいのだから。
ここは殊勝に。しゅんと眉を下げ、上目遣いで謝る。
「ごめんなさいね、手が滑ったの」

「……急になんだ」

「何って別に。悪いと思ったら謝るわ。ごめんね」

「軽い」

「じゃあ、ごおーめえーん」

重々しく言ってやる。ちらっと見やれば、堅苦しかった帝の表情がほんの少しだけほころんだ気がした。意外にもうまくいったのかもしれない。

「夫婦漫才でもしておりますの？」

母屋で寝ていた桃丸が目を覚ましたのか、毬藻の背後にぬっと立つ。人間の女性とは比べものにならない巨大な体軀が御簾の内側で影を作っただけで、帝の背後に控える女房たちの声にならない悲鳴が上がった。

さすがの帝も、やや身を引いて毬藻の後ろを見上げる。

「ずいぶん大きなあやかしがいるな」

「文車妖妃の桃丸よ」

「ねえ姫さま、あちらさまったら昨晩の拒絶はなんだったんですの？　案外仲が良ろしいじゃございませんか」

（これが仲良さそう？）

恋のいろはを知らない純真無垢な毬藻には、さっぱりわからない。だが、恋愛の達人を自負する彼からそう見えるのならば利用しない手はない。桃丸の言葉に案を得て、嬉々として帝を手招きする。

「ちょっと耳を貸して」

御簾の隙間から直衣を引く。上半身だけ母屋へ入ってもらった状態で、声を潜めて告げた。

「ねえ帝、今後について相談なのだけれど、まずはわたしたちが仲良くすることから始めない？」

「どういう意味だ」

また突飛なことを言うとばかり、帝が眉を撥ね上げる。毬藻は丁寧に説明した。

「だから、どうしても人間はあやかしを怖がるし、わたしたちもつい怒られるようなことしちゃうでしょう。いつまでたっても壁があるままなのは困るから、まずはふたりで仲良くしてみせるのよ」

毬藻が手本を見せればあやかしたちは従う。人間もまた、一番偉い帝の振る舞いを真似するに違いない。

「いい考えだと思うの。やってみましょう、是非！」

話しているうちにすでに勝利したような気分になって、熱っぽく訴えかける。

「我々が仲睦まじい夫婦を演じ、周囲を納得させせようというのか？」

「その通り」

「そこまでせずとも、そなたが入内したことでひとまず形は整っている。あとは時が解決するだろう」

こちらの熱量になかなか乗ってこない帝に焦れて、毬藻はぷうっと頬を膨らませた。

「悠長なこと言っている場合？　人間は短命なんだから、すぐお爺ちゃんになっちゃうわよ」

帝はなんとも言えない目をして逸らした。

「そなたは長生きのくせに短気なのだな」

まさか皮肉げに言い返されるとは思っておらず、毬藻はひるむ。

「そこまで生きていないわ。六歳だし……」

と、帝はぴしりと固まった。懐に挿していた扇が床へ落ちる。

「女の童ではないか。その見た目は偽りか」

「失礼ね、とっくに大人よ。人間とは成長速度が違うの」

「だが……さすがに六歳の童を妃にしたというのは、世間的にもどうなのか」

何が引っかかるのか、毬藻には理解できない。早々な結論を求め、毬藻はぱちんと手を打ってまとめた。

「ほら、こういうところ。どうしても意見が噛み合わないの。このままだとずっと平行線だからこそ、無理にでもいいからわたしたちが仲良くしてみせましょうよ」

強引ではあるが、理にかなった提案だ。

帝は落とした扇を拾ってしまいこむ。改まった口調になった。

「なるほどな。だが、何故姫はそこまで急ぐ？　例の『夏麦』とやらのためか？」

「もちろんそうよ。けれど、それだけじゃない。上に立つ者として、みんなが穏やかに暮らせる毎日にしたいのよ。あなただって同じじゃないの？　公卿たちの反対を押し切ってまでわたしを妃にしたのは」

「……違いない。互いに利害が一致して利用し合うというわけか」

どうも毬藻の数倍難しく考えている様子だが、納得はしてくれたらしい。

「それで、具体的にはどのように『仲良く』するつもりだ？」

待っていましたとばかり、毬藻は勢いをつけて右手を挙げる。

「はい！　髪を梳かし合います」

「…………は？」

これまでの無表情が嘘のように、彼はぽかんとした。相当びっくりしたようだ。

(素が出た？　いつも感情を表に出さないようにしているから……)

と思うもつかの間、やはりすぐに驚きは引っ込められて鉄面皮(てつめんぴ)に戻った。

「本当に理解不能だ。相容(あいい)れないとはこういう意味か。そこだけは身に沁(し)みた」

「やっとわかってもらえたのね。嬉しいわ」

「もういい。そなたの言う通りにしよう。ひとまず今は退散する。今度櫛(くし)でも届けさせよう」

(よかった、これでまた前進ね)

やり遂(と)げた！　とばかり完全に安心した毬藻は、頬をほころばせて帝を見送る。

「またすぐに会いに来てね」

「……承知した。だから戸はもう壊さないでくれ。修理(すり)の亮(すけ)が過労で倒れるからな」

「わかっているってば」

去っていく背へ拳を振り上げながらも、こんな軽口を叩けるのはちょっと楽しいかもしれない、なんて考えたのだった。

毬藻の提案を受けたとき、帝は渋々うなずいたはずだった。けれども、案外律儀（りちぎ）に約束を守る人間らしい。

さっそく翌日、昼下がりのなんでもない時間に藤壺へやってきた。

「どうしたの、何か用？」

御簾（みす）ごしに対面すると、帝は淡々と言う。

「特別な用事はない。ただそなたの顔を見に来ただけだ。中へ入れてくれるか」

ここは、大喜びで迎え入れる場面だろう。

毬藻はやおら立ち上がった。息まいて告げる。

「嬉しい、大歓迎よ。今、御簾を巻いちゃうわね」

ふたりを隔（へだ）てるそれを取り払おうと、裾（すそ）からくるくる巻き始めた。御引直衣（おひきのうし）をまとった帝の姿があらわになる。

「待て、姫が自ら開けなくてよい。誰かいないのか？」

帝は辺りを見回し、背後の女房（にょうぼう）たちへ命じる。

「二位（にい）の局（つぼね）、侍従（じじゅう）、手伝え」

「は、う……う、申し訳ございません……」

「中に、化け物が……」

御簾が開いてこちらから帝らの姿がはっきり見えたのと同時、彼女らには母屋にひしめくあやかしの姿がありありと見えており、恐怖に頬を引きつらせているのだった。

「手伝わなくても平気平気、よいしょっと」

御簾を巻くくらいあやかし姫にはなんでもない。右手で御簾を掲げ、背伸びをして左手を留め具へ伸ばす。

「全然手が届いていないではないか」

しかしながら、冷静な帝の突っ込みが心臓をぐさりと貫いた。

(言っちゃった?)

実は少しだけ気にしていたりする。毬藻は力の強さとは反比例して身体が小さめなのだった。

何故なのか……幼い頃から幾度となく自問自答した。もちろん答えは出ない。生まれつきの体格でしかなかった。

「跳べば届くもの。えいっ」

やけになり、膝を曲げて反動で跳び上がろうとすると、慌てた帝が立ち上がる。

「やめてくれ。危なっかしくて見ていられない。わたしがやるから手を放して……」

「そっちこそ放し――あ」

変な体勢で身をよじったせいか、足首がぐにゃっと曲がって均衡が崩れる。

「姫っ！」

差し伸べられた手にしがみつこうとしてたたらを踏み、そのまま全力で頭突きを繰り出した。帝のくぐもった呻き声が上がるのと同時、一秒後には共に床へ倒れ込んだ。

（あれ、でも痛くない）

「だから言ったのだ……」

下から帝の声がする。はっとしてみれば、完全に彼を折敷にしていた。

「主上っ！」

「ご無事でございますか！」

駆けつける二位の局を、帝は手を払って遠ざけた。

「大丈夫だ、受け身が取れた」

「本当？　よかったー」

黒瑠璃のごとき瞳を真上から覗き込み、安堵に笑む。すると彼はなんとも苦々しく息をついた。

「そなたはもう少し心配してくれ」

「え！　やっぱりどこか怪我している？」

「想像を裏切らない通じなさだな。だが、それだけ正直ということか」

彼は自分で言って勝手に納得した様子だった。毬藻の腰を捉え、そのまま起き上がる。

「!?」

「軽いな、鳥の羽根のようだ」

「鳥っ！」

ぎくりとして強張る。恐る恐る帝の目を見れば、至近距離で光る瞳の中には、人間の形を取る毬藻の姿が映っていた。

「そこまで驚くか？　まあいい。怪我はなさそうだな」

毬藻を抱えて帝は立ち上がる。視界が二倍ほど高くなり、毬藻は視線を彷徨わせた。

「なんで？　降ろして」

「仲良しのふりをするのだろう？」

耳朶に直接囁かれ、くすぐったさに首をすくめた。言われてみれば今、まさに仲良し演技の真っ最中なのだった。

(忘れるところだったわ、いけないいけないいけない)

笑顔を繕い、すかさず提案する。

「このまま髪の毛を梳かし合いする？」

「何故そこまで髪にこだわるのか知れないが、人前で冠を取るわけにはいかないのでわたしの髪を梳くのは諦めてくれ」

「えーそうなの？」

「代わりにこうやって庭の散歩をしよう」

帝は毬藻を抱き上げたまま簀子へ出た。お付きの女房二人が泡を噴かんばかりに仰天している。

「ところで、人影がないようだが女房たちはどこへ行った？」

「変なこと聞くわね。そこにいるじゃないの」

二位の局、侍従と呼ばれる怖がりの二人を指し示せば、帝は首を横に振る。

「彼女らはわたし付きだ。姫付きの姿が見えないと言っている」

毬藻はきょとんとして首を傾げた。

「前に言っていた世話係の人間？　あなたが必要なことは伝えてくれるからいらないって結論になったはずよ」

「そうは言っても、わたしが朝餉や夕餉を運んでくるわけにはいかない。後宮の雑務をこなす者たちが元々働いている。まさか追い払ったのか？」

疑惑に満ちたまなざしを向けてくるから、全力で否定した。

「とんでもない。最初から誰とも顔すら合わせていないわ。わたしたちが怖くて近寄れないんじゃないの？」

「馬鹿な。では食事はどうしていた？」

「適当にその辺の若芽とか食べていたけれど、駄目だったかしら？」

帝は天を振り仰ぐ。

「ここまで溝が深いとは」

「ほらね、わたしたちが仲良しの見本を見せる必要あるでしょう？」

「是非もなし」

そのまま二人でそよ風に揺れる藤の枝を眺めていると、羽ばたきがして母屋から茶々丸が飛んできた。

「おい毬藻、なんで人間の上に乗っているんだよ」

「茶々丸、起きたのね」

「羽根でも痛めたのか？」

「ううん、仲良くしているのよ」

「へー物好きだな。それより朝露を飲みに行こうぜ」

何気ない会話の隙間に、ふと振り返ると女房二人が顔を上げて茶々丸を見ているのに気づいた。

（ん？　怖がっていない？）

前に桃丸が御簾の奥に影を見せただけで、彼女らはひっくり返りそうに怯えていたはずだ。

「茶々丸は雀で可愛いから？」

「なんだよ、褒めるじゃん」

「わかったかも。ちょっと下ろしてくれる？　これから『あやかし定め』を始めます」

帝の腕からするりと抜けて、女房たちへ身体を向ける。彼女らは野分でも来るとばかり、身構えた。

「あなたたち、これから順番にあやかしを呼ぶから、ちょっと反応を見せてね。雲丸ー」

母屋の中へ呼びかけると、寝ぼけ眼をこすりながら雲丸がやってきた。衾を半分被ったままで、よちよち歩いてくる様は庇護欲をくすぐってくる。

「もう朝？」

すかさず女房の反応を確認する。彼女らは怖がるどころか興味ありげな瞳をしていた。

（雲丸は合格）

「次、瓢箪丸」

ずるり、のそり、という引きずる音がした。雲丸の陰から、ぬっと赤くてぬらついた身体が現れる。主張の強いぎょろ目がこちらを舐めるように見回してくると、女房たちは息をのみ……白目になった。

「残念だわ、瓢箪丸は怖いみたい。ごめんね、一度嵐山へ帰ってもらえる？」

真面目で素直な瓢箪丸は無言でこくりとうなずいてくれる。

帝が眉をひそめて尋ねてきた。

「いったい何をしている？」

「人間から見て受け入れやすい姿の子とそうじゃない子の分別よ。一部の子たちを山へ帰そうと思って。いつまでもびくびくされていたら仲良くなれないしね」

「姫は女房とも仲良くするつもりなのか？」

「もちろん。人間全般とうまくやっていくのよ」

「……」

何故か帝は黙り込む。感謝されてもいいくらいなのに、本当に感情が読めない人だ。

気にせずあやかし定めを続けていくと、大体わかってきた。雀や狸、猫又など小動物に近い見目で小柄なあやかしは怖がられない。頭でっかちで人間の身長の三分の一ほどの餓鬼も、水干を着せてしまえば怖さは誤魔化せるようだった。

逆に楽器や燈台など本来動かない物に魂が宿った付喪神は恐れられた。身体が大きなあやかしもそれだけで恐怖の対象らしい。

「桃丸はこの前駄目だったから飛ばしましょう」

「お待ちになって！　あたくしの出番を消すだなんてひどいですわ」

呼んでいないのに、彼は自ら姿を現してしまった。桜襲の女房装束をまとう七尺（二メートル）はあろうかという巨軀に、当然のごとく女房たちは泡を吹いて倒れた。

「ほーら、気絶しちゃったじゃないの」

「どうしてですの!?　あたくし人間と全く同じ格好していますのに！」

「背が高すぎるのかも。ごめんだけれど、瓢箪丸たちと一緒に帰ってもらわないと」

桃丸は憤慨して長い髪をかきむしる。

「むきー、嫌ですわ！　あたくしほど内裏にふさわしいあやかしはいなくてよ。あやかし界の歩く字引、文車妖妃ですもの」

「ごめんね。参考書でも残していってくれたら助かるわ」

「参考書！　これまで何度かお勧めしてきた草紙を姫さまは頭からきちんと読まれたことがありまして？」

「……ないわね」

「ごらんなさい。あたくしもうがっかり。姫さまにはこれ以上何も申しません。引きこもりますわっ」

捨て台詞(ぜりふ)を吐くと、文箱(ふばこ)を開けて頭をねじ込む。身体の半分ほどしかない大きさなのに、桃丸は自ら中へ収まってしまった。蓋(ふた)がきちんと閉まるところが怪奇現象だ。文箱には古今東西のあらゆる草紙が入っているので、おそらく見た目より中が広いのだろう。

「ひとまず出てくるまで塗籠(ぬりごめ)に入れておきましょうか。誰か運んで」

餓鬼が四体出てきて、四隅を持ち上げる。

中からは恨みがましい籠(こ)もり声が聞こえてきた。

「あたくしを省(はぶ)こうだなんて百年早くてよー！　嫉妬渦巻(しっとうずま)くときめき後宮生活ー！　心残り甚(はなは)だしー」

『これ以上何も申しません』とか言ったくせに、ちゃっかり恨み言をまき散らしながら去っていく。

「これでもう少し人間とお近づきになれたらいいのだけれど」

かなりの譲歩(じょうほ)に胸を張り、帝へ流し目を送る。

「……こちらもなるべく物事に動じない性格の女房を探して派遣しよう」

彼もまた妥協点(だきょうてん)を挙げ、二位(にい)の局(つぼね)らが目を覚ますのを待ってから、また御座所(おましどころ)へ戻っていった。

　毬藻は五日ほどかけ、しばしの別れを惜しんで涙する子たちを、なんとか嵐山へ送り出した。

　身辺に残ったのは雀の茶々丸に狸の雲丸、猫又三匹、水干を着せた餓鬼四体といったほんの少数だ。文車妖妃の桃丸はいまだに文箱に引きこもったままだから、仕方なく塗籠の中へ放置してある。

　いかつい見目のあやかしが去ったのと同時、帝に派遣された女房五人が挨拶へやってきた。

　御簾を隔てて廂に三角形を作って座り、先頭にいた白髪交じりの年配の女性が口を開く。

「本日より女御さまのお世話を申し付かりました先の典侍でございます。何卒よしなに」

　当代の典侍はあやかしを怖がって出仕拒否中だとかで、先代の彼女が呼び戻されてきたという。

「引退してのんびり過ごしていたところ、世話をかけるわね。よろしく」

　友好的に声をかけるがそれには答えず、彼女は事務的に後ろの女性たちを紹介した。

先の典侍よりは若く帝の母親くらいの年代で、背が高く体格もよい命婦。隣はそれより少し年下の髪が長く吊り目が特徴的で気の強そうな中納言。最後尾の女性二人は少将と衛門で、若々しく、興味津々とばかりの瞳をあちこちへ彷徨わせている。

「わたしは毬藻よ。是非仲良くしましょう」

「こちら主上より本日のお届け物でございます」

毬藻の声に被せるように、先の典侍が六角形をした蒔絵の桶を差し出してきた。

「帝から?」

やはり毬藻の問いには答えず、冷ややかな態度で肩をすくめて立ち上がる。目は完全にあらぬ方向を向いていた。それに倣って他の四人も立ち、辞去の挨拶もせず全員まとまって去っていく。

廂には、桶が置かれたままとなっていた。

「聞こえなかったのかしら?」

「いや、完全無視されてたろ」

茶々丸が呆れた声を出す。

「どうして?」

「仲良くしたくないんじゃねーの?」

（それは困るわ）

やはり警戒されているのか。

野生動物と打ち解けるふうに、しばらくこちらは動かず、完全に安心させてから一歩踏み出すようにしなければ。

御簾の隙間から後ろ姿を覗く。彼女らは渡殿の脇にある曹司に部屋を賜っていた。東へ折れてその背が完全に見えなくなってから、毬藻は大きく深呼吸する。

「ふう、気をつかうって大変ね。みんな、もう外へ出ていいわよ」

「わー」

茶々丸と雲丸が同時に廂へ飛び出し、女房の置いていった桶をひっくり返した。

盛大な音がして、蓋が転がり中身がざらざらとこぼれる。

「なんだこれ？　貝殻？」

手のひら大の貝が黒光りしている。貝の内側には細やかな絵が描かれているようだ。

「川へ投げて遊ぶんじゃない？」

「きっとそうだ。貝だしな」

「にゃんですと！　石投げならぬ貝投げですかにゃ？」

面白いことを聞きつけて、猫又たちが出てくる。餓鬼も水干の袖をめくってやる気満々だ。

「姫さま、早速投げてよいですかにゃ？」

「わくわく！　貝投げ楽しみだなあ」

雲丸も両腕に貝殻を抱えてそわそわしている。

今さら駄目と言ったって、止められないに違いない。諦めて肩をすくめた。

「いいけれど、あんまり騒がないでね。人間を怖がらせちゃ駄目よ」

「はーい！」

よい子のお返事をしたその一秒後には、貝の奪い合いが始まった。

「おいら一番！」

「ずるいぞ、俺が先だ」

「あっしにも分けてくだされー」

大騒ぎしながら庭へ繰り出し、方々から遣水（やりみず）へ向かってぽいぽいと貝を投げる。

「もー、静かにって言ったのに」

結局大騒ぎだ。腰に手をやり肩を落とすものの、これはこれで楽しい。

「……ん？」

ふと視線を感じて東の渡殿のほうを見れば、若手の女房二人が柱の陰からこちらを窺（うかが）っていた。やはり騒ぎすぎで、様子を見にきたのだ。

（どうしよう、いっそ誘う？　でも、声を掛けたらまた驚いて逃げちゃうかもしれないし）

悩んでいるうち、二人は背を向け去っていく。そしてすぐに、先の典侍を連れてきた。

「なんてことでしょう」

鼻筋に皺を寄せたと思えば、見る間に顔を真っ赤にし、険しい形相となった。

（怒りの念……）

先の典侍は床を踏み鳴らして戻っていく。少将と衛門も眉根を寄せたまま後を追った。

「ちょっと、みんな終わりにして集まって」

「えー、もう最後の一個だよ」

ぽーいと雲丸が投げた貝が、しょぼくれた音を立てて水へ落ちる。小さな波紋が広がって……、貝投げは終了した。

「難しい顔してるじゃんか」

茶々丸が眉間をつついてくる。

「なんかわからないけれど、女房の人たち怒ったみたいなのよ。投げちゃ駄目だったんじゃないかしら」

　神経質になっているのは毬藻ひとりで、あとのみんなは一汗かいてすっきりしている。憎たらしい。

「静かにって言っても守れないんだから……」

「じゃあさ、昼寝でもするか」

「そうね。それがいいわ」

　全員で母屋へ引っ込み、御帳台や床に臥す。

　そのまま日が暮れるまでず──っと過ごしていたら、身体のあちこちが痛くなった。

（ああもう退屈！　無理！）

　たった一日で音を上げたくなった。嵐山へ帰って羽を伸ばしたい。木々の間を飛び回りたい。けれども、まだその時期ではない。人間と少しも打ち解けられていないのだから。

（でも、もうギリギリ）

　我慢の限界が迫る。そんな折、外から声を掛けられた。

「女御さま、夕餉でございます」

「ありがとう」

　とっさに御簾を跳ね上げれば、廂の端っこに高杯を置いていた最中の中納言が飛び上がった。

「ひっ、わ、わたくしではございませんー！」

謎の弁解をしながら彼女は去っていく。それだけ狼狽(ろうばい)していたのだろう。

（あーあ、失敗。また怖がらせちゃった）

床には似たような高杯が十個並んでいて、最後に彼女が置きかけていたものだけ紫檀(したん)製で四本足がくるんと外を向き、繊細(せんさい)な波模様が彫ってあった。

「夕餉って何？」

雲丸が一番近い高杯の匂(にお)いをくんくんと嗅(か)ぎながら言う。

「人間のごはんね。せっかくの厚意だからみんなでいただきましょうか。ひとり一つずつ運んでね」

餓鬼が一つだけ違う紫檀の高杯を指さして「これは？」と首を傾(かし)げてくる。

「豪華な器(うつわ)はわたしのだと思うわ」

ひょいっと持ち上げ、献立(こんだて)は何かと覗き込む。椀(わん)につがれた粥(かゆ)と蒸(ふか)した芋(いも)、塩茹(しおゆ)での青菜と味噌の皿が並んでいた。

「おい毬藻！　なんだこれ、動いてるぜ」

肩先で茶々丸が声を上げる。手元の椀を見れば、粥の中から緑色の頭がぴょこんと飛び出してきた。

「まあ、青虫」

「ひょー生きてるじゃん。うまそう！」

「あ、こら。わたしのだってば」

止めるのも聞かず、茶々丸はくちばしを突っ込んだ。

「むぐむぐ、ごっくん！　生きがいい餌たあ、人間も気が利くじゃねえか」

「運んでいるあいだに落ちたのかしら？」

「んなわけないだろ。土ついてたもん」

べ、と舌を出してこびりついた土まで見せてくる。

「その辺にいたやつ捕まえて、直前に混ぜてくれたんだ。運んできたの、あの髪の長い人間だろ？　目つき悪いけど実はいいやつなんじゃね？」

「そうかもね。きっとすぐにわかり合えるわ」

「あー俺のには虫入ってないぜ。毬藻のだけ特別献立じゃんか」

茶々丸は自分の椀をくちばしでかき混ぜてから、首をぶるぶる振るった。くちばしについた粥が飛んで、毬藻の長い髪を白くする。

「何するの」

人間の髪は洗うのがとても大変なのだ。身長よりも長いので、一度洗ったら乾くのに丸一日かかる。しかも、ただ水で流すだけでは絡まってしまうから、米のとぎ汁をつけて櫛（くし）を通しながら丁寧（ていねい）に濯（すす）がないといけない。嫁入り前に身支度（みじたく）を手伝ってくれた桃丸は絶賛引きこもり中で頼れないわけで……。

「すぐ洗わないと」

「なら米のとぎ汁をつけるんだからむしろ一緒じゃん。ほら、ほら」

調子に乗った茶々丸は、わざと粥をすくって飛ばしてきた。あっという間に黒髪が白い斑（まだら）になってしまう。

「こらーっ」

「いっそ洗っちまおうぜ、全身、じゃぶじゃぶっと」

くいっとくちばしを庭方面へやる。意味ありげな仕草につられて見れば、格子（こうし）の隙間から見える遣水が、夕陽を浴びてきらめいていた。

先ほどみんなで投げ込んだ貝のかけらが底で七色に揺らめき、趣（おもむき）を添えている。

「あそこへ飛び込んだら気持ちいーぜ？」

「……」

ごくりと喉（のど）が鳴ってしまう。今日一日、狭い室内でじっとしていた反動もあるのだろう、腕の付け根がむずむずしてきた。

「羽根、伸ばしたいだろ？」

（伸ばしたい）

望んだとたん、我慢ができなくなった。白魚のごとき指先が黄色の羽毛で覆われる。かさばる装束がまとめて床へ落ちて……あっという間に毬藻は、金色の小鳥に姿を変えていた。

変えたというのは少し違う。

実はこちらが生まれつき、本物の姿なのだった。

黄金の身体は鵯と同じくらいの大きさで、頭には杓と似た立派な冠羽、頬には夕陽より美しく輝く橙色の斑点があり、瞳は葡萄色、畳んだ羽根の先端は雪より白く、胸には薄色のふわっふわな羽毛を抱き、足とくちばしはもぎたての桃色をして、洗練された長い尾は紅や緑や青などあらゆる色の羽根が重なり、宝石のごとく輝いている。

「わお、やっぱりこっちの姿のほうがしっくりくるぜ」

「もう、我慢してたのに」

人間に化けているほうが動きやすいことも多く、毬藻は極力鳥の姿へ戻らないようにしていた。

強い力のあやかしは、人間に変じる力がある。どちらの姿で暮らしてもいいが、人間の手は器用で何かと重宝するし、何より鳥に比べて大きいのがよかった。

（それに、夏麦も人間の姿をしていたから……自然と）

「せっかくだ。水浴びしようぜ」

格子の合間から茶々丸が飛び出す。毬藻も追って庭へ羽ばたいた。

頬に当たる風が心地いい。そのまま目を閉ざし、頭から池へ飛び込んだ。


――ばっしゃーん！


息が止まるほど冷たい水に肌がきゅっと締まる。

（気持ちがいい）

本能のままに翼を動かせば、派手な水しぶきが上がった。淡い虹が生まれては溶けていく。綺麗で楽しいことこの上ない。

髪にこびりついていた粥はもう跡形もなかった。

「姫さまー！　おいらもっ」

雲丸が椀を投げ出し駆けてくる。負けじと他のあやかしたちも続いた。みんなして、びしょ濡れになって水遊びに没頭する。

冷たく新鮮な水が全身を満たし、心まで潤してくれる。夢中になって顔を入れたり出したり、飛び上がっては飛び込んだり、水面で転がりまわったり、水を堪能した。

あまりにも楽しすぎて――帝がやってきたことに全く気づけなかった。

「こ、これは……!?」

廂で叫びに近い声が上がる。

「とんでもないことに、夕餉をめちゃくちゃにして皆で水浴びをしているようです」

先の典侍が眉を吊り上げて報告している。

「先ほども主上のお贈りになった貝をすべて投げ捨ててしまいました。化け物どもには全く話が通じないのでございます」

「いやしかし、姫はどこだ？　衣だけ残して……」

二人は険しいまなざしを庭へよこす。

(しまった！　鳥の姿を見られた!!)

と慌てるものの、彼らの視線は定まらない。あちこちを捜しているようだ。

(あ、そうか。わたしだってわからないんだ)

ならばこのままやり過ごそうか。と思った矢先、帝がとんでもないことを言う。

「いないではないか、きっと逃げたのだ。捜せ！　蔵人、いや、侍、衛士も仕丁も検非違使も……殿上人、上達部すべてに伝達しろ。残るところなく燈をともして隅々まで捜すのだ」

（大変。大事になってしまうわ）

人間と徐々に距離を詰めていく作戦が、一瞬で崩れてしまう。ここは小さな自尊心など捨てて彼らの前に姿を現すべきだった。

覚悟を決めて鳥の姿のまま帝のもとへ飛んでいく。

「わたしはここよ！」

「え？」

意表を衝かれて呆けた隙を狙い、脱ぎ捨ててあった小袿の中へ頭を突っ込んだ。そのまま人間の姿に変化して、滅茶苦茶に袖を通して顔を出す。

「ほらね？」

笑顔で取り繕うものの、帝も先の典侍も目を点にしている。

「は？　姫？　誠に姫なのか？」

「そうよ、正真正銘わたし。どうして逃げただなんて思ったの？　そんなわけないのに」

帝はまじまじと見つめてくる。珍しい品を手に入れた商人のように食い入る視線だった。

「逃げない……のか？　そなたは」

無表情な彼にしては珍しく、黒瑠璃の瞳を大きく見開いている。

「そんなに驚くこと？」

「……」

「ずっとここにいるわよ」

言ったとたん、甘い香りがふわりと辺りを包んだ。

（この匂い！）

前にも嗅いだことがある。脳髄を痺れさせるおいしい香り。思わず舌なめずりをしてしまうくらいに。

（やっぱり帝の念なの？）

目の前の相手にずばり指摘する。

「あなた今、嬉しいとか思った？」

「は？」

突如として甘い香りが引っ込み、彼の表情もまた無へ戻る。

「だって、おいしそうな匂いがしたの」

「どういう意味だ」

「知らないの？　わたしたちあやかしは人間の念を食べるのよ。大体の子は恨みとか恐怖とかが好きだけれど、わたしは喜びとか感謝とかの念が好物なの。あなたからそんな匂いがした。食べたい」

痺れに似た甘い食欲に引きずられて、早口になって伝えた。身を乗り出せば、帝は同じだけ後ずさりをする。

「意味のわからぬことを言うな。食べ物の匂いはその辺に粥が散らばっているせいだ。先の典侍、片付けろ」

「かしこまりました」

女房たちが集まってきて、掃除を始める。

「手間かけて悪いわね。それと、貝を投げちゃってごめんね。使い方よくわからなくて」

少将と衛門の二人が顔を見合わせて目を瞬く。あやかしに気遣われるとは思ってもみなかったとばかりだ。

「姫、簀子へ行こう」

帝に促されて廂を出る。庭先には雫を滴らせたあやかしたちが雛のようにひと塊になり、不安げなまなざしをこちらへ向けていた。

「毬藻、怒られたのか？」

「まさか。だってわたしたち仲良しだものね」

無理やりの同意を求めて帝を振り仰ぐ。彼はこちらの意図を察して合わせてくれた。

「そうだな。それより姫、髪がかなり濡れている。このままでは風邪を引くぞ」

袖を伸ばしてきた帝は、濡れるのもかまわず毬藻の髪をそれで拭き始める。

「っ」

髪に感覚はないはずなのに、羽根で背中をくすぐられたような心地がした。

「大丈夫よ、わたし強いし丈夫なの」

「強さは関係ない。ただ単にそなたの身体を案じているだけだ」

（わたしを案じる……？）

何やらしっくりこない。毬藻はこれまで皆を案じる側でしかなかった。

（仲良し演技ではあるけれど……なんだか）

居心地が悪く、肩を揺すった。卵から孵ったばかりのひよこを手のひらへ乗せたような、妙にくすぐったい感覚がする。そんな毬藻の反応を、彼は物理的な痛み故と誤解したようだった。

「ごしごし擦りすぎたか？　絡まってしまったな」

袖を下ろし、今度は繊細な指先で触れてくる。指を差し入れて手櫛でゆったりと髪を梳いてきた。

「まるで絹糸を烏羽玉で染めたみたいだな」

指が下りるたび、髪には匂うような艶が加わって光の輪が現れる。濡れた髪は乾いているときのさらさら感とはまた趣を変えて、あえかな色香を宿していた。

「もう終わりでいいわ」

押しのければ済むのに、何故かそれができず、懇願するような細い声で訴える。

彼は手を這わせるのをやめなかった。優しい手つきの中に、ほんのわずか執拗さが加わっていた。

（どうしてだろう……）

毬藻は身動きもろくにできなくなっている自分に驚いた。

「そなたが前に言ったのだぞ。仲良し夫婦は髪を梳き合うものだと」

（そういえば）

ならば、抵抗しないのが正解だったのか。

肩の力を抜いてみると、こわばっていた全身がぽわんと熱を帯びてきた。

（これって、気持ちがいいってことなの？）

「櫛を贈る約束をしていたな。すぐに探させよう」

「財政危機のくせに。必要ないわ」

息を喘がせながらうそぶく。

「ならばこの手でいつまでも梳いてよいのか？」

「……好きにしたら」

水浴びをした疲れが遅れてやってきたのもあり、気づけばくったりと彼に身を任せていた。

「ところで、さっきの姿はなんだったのだ？」

「さっき？」

「そなたは小鳥に変化できるのか？」

髪を撫でながら覗き込まれて、息を詰まらせる。夢うつつの陶酔の中から、突如として我に返った。

「ちっがーう！　小鳥じゃなくて鳳凰なんだけど」

自尊心にかけて訂正を入れれば、彼はあからさまに疑いの色を瞳に宿らせた。

「鳳凰だって？」

それは大陸の言い伝えで、徳の高い天子が現れたときに誕生する瑞獣であり、身体は麒麟、頭は蛇、羽根は五色に輝き、尾は魚で、くちばしは鶏に似ているという――毬藻の見た目は少し外れているが、しかし。

「そ、そうよ。悪い？　あやかしはね、人間の強い念から生まれるのだけれど、その人の思い描いた『あやかし像』になるのよ。わたしはあなたが六年前に行った法要に感謝した人々の念から生まれたから、みんなが思い浮かべた鳳凰像なの」

無数の民が好き放題に想像した合成獣は、なんとも不思議な黄金の鳥になってしまったのだ。

「待て、今なんて？」

「だから、鵺もそうだけれど、人間って強いあやかしをいろんな動物まぜこぜにして考えたがるのよね。困っちゃう」

やれやれと袖を広げてみるが、帝は別の部分に食いついてきた。

「わたしが執り行った法要で生まれたと言ったのか？」

「あらそっち？　あの日たくさんの人間があなたにいっぱい感謝したの。その大きなあたたかい気持ちが膨らんで……生まれたのよ。わたしがここにいるのは、あなたのおかげね、ありがとう」

「……」

恩人へ素直に謝意を告げる。彼はそれを正面から受けつつも、反応を返してこなかった。

（あ、またいい匂いが……する？）

指摘する前に、彼はふいと横を向いてしまう。甘い香りはすぐに消えた。

（この人は感情が見えにくいわけじゃなくて、隠しているのね）

これまで漠然と想像していた答えが確かになる。次はもう少し踏み込んでみたくなった。


それから、帝は日に一つは何かと理由を付けて贈り物を届けてきた。

雛人形や双六、碁、偏継ぎ……などなど。

「これはどうやって遊ぶもの？」

運んでくる女房たちに尋ねるが、相変わらず彼女らは答えてくれない。しつこく問いかければ三回に一回くらいは『お好きなように』と言い捨てられるだけだった。

今日も今日で、仏頂面の先の典侍を先頭に女房五人がやってきた。

あやかしに対する初期の警戒心は薄れてきているようで、ひそひそ声で毬藻の噂話をしている。

「また簀子に出ていらっしゃるわ」

「相変わらず妙ちくりんな格好ね。山吹に鈍色なんてどうして重ねるのかしら。不吉……」

「主上も主上だわ。あんな化け物を愛でていらっしゃるなんて」

耳がいいのですべて拾ってしまう。負の感情を伴う陰口ではあるが、毬藻は悪い気がしない。

（すごい進歩だわ。このままいけば、すぐ仲良くなれそう）

絶対懐かない山猫がそばへ寄ってきた感動と似たものを覚え、胸が熱くなる。

「今日もいいお天気ね」

口元に笑みをたたえて話しかければ、五人は顔を見合わせた。

「いやだ、聞こえたかしら……」

「まさか。機嫌がよさそうだもの」

「本体も小鳥だし、そんなに怖くないのかもね」

（そうそう、その調子よ。安心して心を開いてちょうだい）

ますます笑みを深めて満足げにうなずいた。すべて毬藻の思惑通りに進んでいる。

「女御さま、主上よりお衣裳が届いております」

と、先の典侍が言う。背後の若手が二人がかりで重そうに唐櫃を見せてきた。

「まもなくお渡りになるとのこと。どうぞお着替えを」

「着替えが必要？」

ぽかんとしていれば、命婦がため息をつく。

「全然わかっていらっしゃらないわ……」

そういう彼女らは、揃って紅色の濃淡を重ねた衣裳を着ていた。反して、毬藻は様々な色を賑やかに秩序なく重ねている。先ほども妙な格好だとこぼしていた。素直に従った方がよさそうだ。

「じゃあお願い」

すっくと立ちあがり、山吹色の小袿を肩から滑らせる。手っ取り早いほうがいいと思ったのだが、女房たちはぎょっとした。

「こちらでお着替えに!?」

「今日は寒くないしね。あ、袴はどうする？　そのままでいいの？」

腰紐に手をかけて尋ねる。先の典侍が呆れた調子で肩を落とした。

「結び直しいたしましょう。少将、衛門、これへ」

「はい」

「はーい」

若手二人が櫃を床へ置き、中を広げる。柔らかな春風に、梅の香に似た空薫き物が混じって鼻孔をくすぐった。

（へえ、衣に焚き染めてあるのね）

山吹の花を添えた下に畳まれていたのは、涼しげな白い綾の単衣。白から淡い梔子色を重ねた五つ衣に、裏が紫で表が白な藤の花と似た色の白躑躅の表着、最後に、綸子に花菱の紋様を散らした黄柳の小袿だった。

（順に重ね合わせると、『嵐山の自然の中に佇むわたし』っぽい色合い？）

完全に鳳凰の姿を意識されていると見た。案外、帝の中で鳥の姿は好評だったらしい。

（どうしてもと言うのなら、また変化してみせてあげてもいいかしら……？）

そんなことを考えていたら、ふいに腰紐が胃の辺りにきつく縛られた。

「ぐえっ」

「足に力を入れてお立ちくださいませ」

思わず声を上げるも、先の典侍は顔を上げもせず冷ややかに言い放つ。

（人間の衣裳って、こんなきっちり着るものなのね？）

先の典侍は老人とは思えない力持ちだった。一枚衣を着せるごとに縛っては外す着つけの紐を毎回渾身の力を込めて結んでは、毬藻がよろけるほど強く引き抜いた。

「すごいわね。あなたおいくつなの？」

「命婦、お髪を上げてちょうだい」

「かしこまりました」

毎度のごとく毬藻の問いかけには答えない。命婦がすかさず後ろから頭頂部の髪を摑んできた。

「あだだっ」

抜けるほど強く引っ張られ、宝髻が結われた。かと思えば次は、中納言が横から近づいてきて、金木犀をかたどった星型の挿頭花を挿してくる。

「あっ、待……そこじゃない、痛っ、もっと上にして」

とげとげが頭皮に刺さって地味につらい。

（人間のお姫さまって大変なのねえ……）

「それなりに見えるではないの。馬子にも衣裳ね」

「しょせん雛遊びのお妃さまですもの」

少将と衛門が互いを肘でつつき小声で笑い合っている。

（着替えるだけで疲れちゃった……）

まだつぼみの固い藤を眺めやり、ため息をついた。

やがて、馬道を渡る足音が近づき、帝がやってきた。

すらりとした体軀に白絹の直衣をまとい、唐櫃に添えてあったのと同じ山吹の花を烏帽子(し)に挿している。

目が合うと、わずかに瞳が見開かれた。

「よく似合っている」

「ありがとう。馬子にも衣裳って褒(ほ)められたわ」

「それは褒めていない」

「あ、じゃあ雛遊びの妃だって」

「それも褒め言葉ではない。誰がそんなことを？」

背後で若手二人がぴしっと固まっている。

どうやら毬藻はまたまずいことを言ったらしい。慌てて話を変える。

「その手に持っている物は何？」

帝は黒塗りの手箱を持参していた。指摘すると、ひょいと渡してくる。

「そなたへだ。珍しい唐渡りの品が手に入ってな」

促されて蓋(ふた)を開けてみると、くしゃくしゃにした陸奥紙(みちのくがみ)が現れた。包みを開けば、卵色の櫛が現れる。見慣れた半月型ではなく、風切り羽のような形だ。

「櫛……また？」

実は、櫛を贈られるのは五回目だった。木製や鼈甲(べっこう)、漆塗(うるしぬ)りなど大小様々である。

「また、ではない。これは水牛の角櫛だ。この光沢、二つとない模様、美しいだろう。柘植よりも櫛通りが滑らかで、梳くだけで血の巡りがよくなり寿命が延びるというぞ」

「気持ちはありがたいけれど、さすがにもういらないわ。これ以上は重荷よ」

どれも高価なものだから欠けでもしたらいけないと、すべて厨子の中へしまってある。

「わたしが贈りたいのだからよいと言うのに。さあ、今日も梳いてやろう。誰か脇息を持て」

妻を溺愛するアホな夫の図そのものだ。毬藻はなんとも言えない羞恥に肩をすくめた。

(仲良しのふりが、どんどんうまくなるわよね)

あまり乗り気でなかったくせに、今では毬藻の方が引っ張られている。

夫婦の時間だと言いくるめられ、その場へ座った。少将が持ってきた脇息に寄りかかると、帝は後ろに陣取る。

「なぜ髪を結っている？　そなたは垂髪が似合うだろうに」

「あなたが髪飾りをよこしたからよ」

「わたしが用意したのは衣裳と櫛のみだ」

(じゃあ、結ってくれたのは女房たちの厚意なのね)

ありがとう！　と目線で訴えかける。彼女らは鼻白んだ顔をしていた。

「今日は蜜のようにしっとりと潤んでいるな」

結い髪をほどきながら帝が言う。

水牛の角櫛でさらっと梳かれると、案外悪くない。

「……も少し、力を入れてもいいわよ」

「そうか」

じわりと甘い香りが漏れ出でる。

（あ、やっぱりこの匂い……）

帝が喜んでいるらしい。けれど、指摘したらまた否定して引っ込められてしまうだろう。

もっと近くで嗅いでみたい。舐めてみたい、味わいたい……彼を丸ごとひとのみしたい
衝動に襲われて、いやいや駄目だと思いとどまる。

（もうちょっとこの人のことを知ってから）

帝は髪を梳き、反対の手で優しく撫でつけながら歌を詠む。

「山ふぢの　花はあやなし　おぼろなる　黄金の鳥をば　ながめくらしつ」

「え？　なんて」

「黒檀よりもつやつやと輝き、滑らかな髪だと言ったのだ。たっぷりと豊かなのにこれほど柔らかくて軽いのは、元が小鳥だからか？」

仲良し夫婦のふりをしているだけなのに、どうしてか首筋がくすぐったい。取り乱しかけて、それがまた恥ずかしい気もして……、無理やりつんとすました。

「知らないわ」

そんな二人を尻目に、女房たちはため息をつくばかりだ。

やがて宮中ではまことしやかに囁かれる。

帝のあやかし女御へのご寵愛は、太陽もかくやとばかりのまばゆさだ——と。

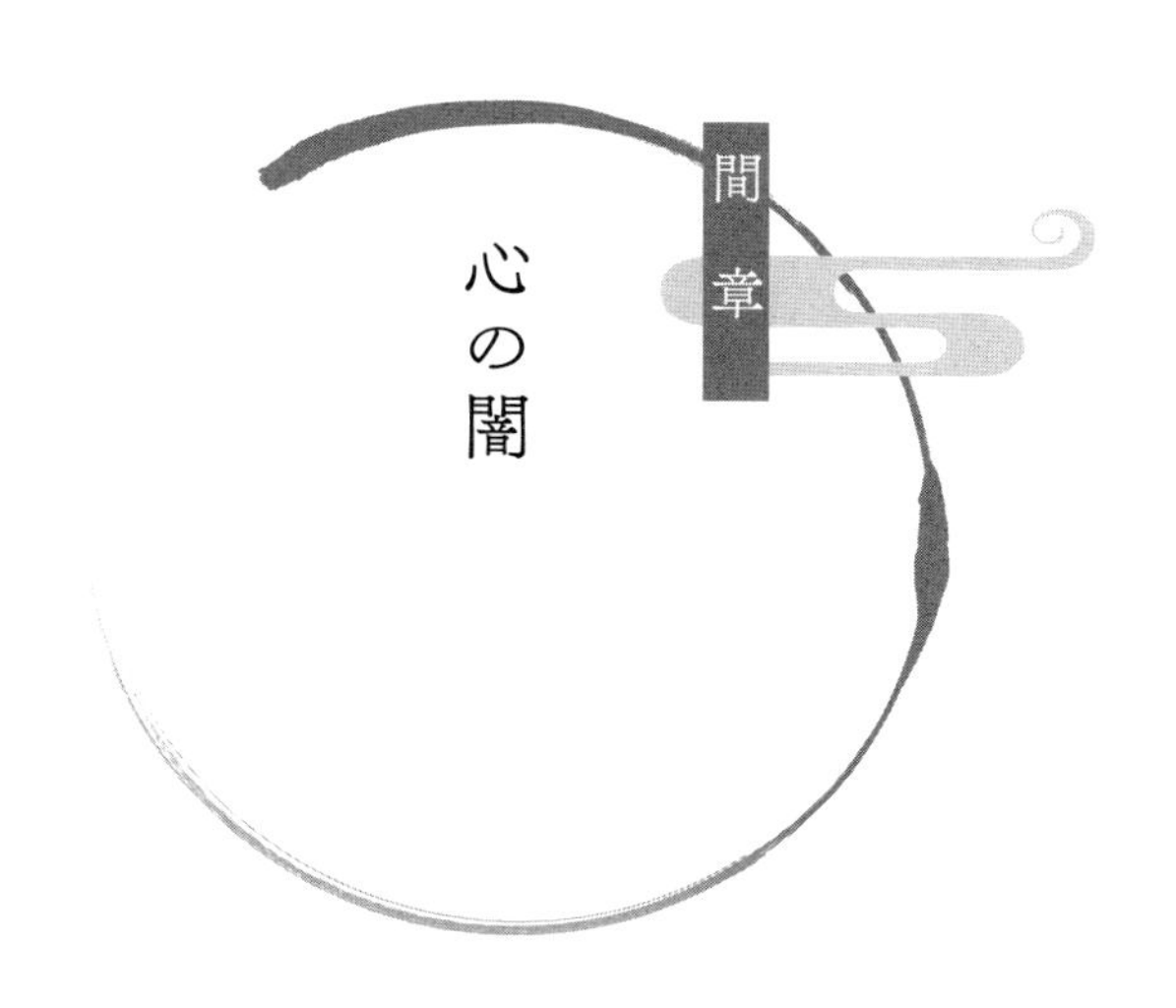

間章 心の闇

およそ百年前、都は双子皇子の政権争いで壊滅した。

勝った兄宮は何年もかけて都を再建しようと奮闘したものの、かつての華やかさを取り戻すことはできなかった。また政権も、安定したとは決して言えなかった。その後の百年間、権力を巡る諍いは頻繁に起こった。

そんな理由で、以来この国では双子の誕生は不吉であるとされた。特に内裏で皇子として生まれた暁には、弟宮は人知れず間引きされてきた。

『お前は生まれてきてはいけなかったのよ、日向』

一番記憶に古い母は、疎ましげにそう言った。屑ごみでも見る目をしていた。

日向は帝と女御のあいだに生まれた双子皇子の弟だった。ちなみに日向とは正式な名前ではない。兄が北極星、心星から心星と名付けられたため、便宜上対極の日向星と呼ばれていただけだ。

『お前のせいでわたくしは中宮にしてもらえなかった。主上から疎まれてしまった。我が子を帝にして、国母にならなければいけないのに』

子供心に、胸が破れるような泣き声を上げる母を見るのは辛かった。

どうにかして笑顔にしたいと花を摘んだり和歌を贈ってみたりしたが、視界に入ることでむしろ悲しみを深くさせるばかりだった。

それでも日向が殺されず、密やかに里邸で生かされたのには理由があった。

『もっと陰陽師を呼んで。一晩中祈禱をさせて。必ず東宮の熱を下げてちょうだい』

母の甲高い叫びが邸内にこだまする。

あの頃、ひと月に一度、多い時は二度、堀川今出川の里邸では、夜を徹しての祈禱が行われていた。東宮となった兄宮の心星が病がちで、高熱を出しては生死の境を彷徨っていたのだ。

『日向の方を東宮にしておけばよかった』

看病疲れで苛立つ母は、親指の爪を噛みながら心星の枕元で幾度となく呟いた。

つまり日向は、病弱な心星に万が一のことがあったときの身代わりとして生かされているのだと、いつしか理解した。

自分が兄に代わって東宮になれば母は幸せになれるのではないか。顧みてくれるのではないか。

ぐったりとした兄が宿下がりをしてくるたび、日向は密やかに負の願望を抱いた。

しかし、天は後ろ暗い日向の味方を決してしなかった。毎度心星はなんとか持ち直し、喜び浮かれる母と共に内裏へ帰っていった。

そんなある日、健康には自信のあった日向が、突然体調を崩した。風邪だとか食あたりだとかとは全く違い、妙な悪寒に襲われて起き上がれない。しかし眠れもしない。

（きっと罰が当たったのだ）

病に苦しむ兄へ同情するどころか、邪魔に思ったりしたから。

けれども、良心が咎めたのと同時、仄かな希望も抱いた。

（母上が心配してくれるかもしれない）

結局、母は一度たりとも心を傾けなかった。心星の時のような加持祈禱など一切行われない。

淡い期待は打ち砕かれ、大いに落胆した。

（わたしなど居ても居なくてもかまわないのだ）

所詮は万一の替え玉でしかない。はっきりとそれを悟るのは何より辛かった。

全身をくまなく殴られたような心の痛みを抱き、いっそ屋敷を出ていこうと重い身体を引きずって外へ出んとした時だった。日向は床下に怪しげな呪術の書かれた札を発見した。

（呪詛だ。母上に対するものか？）

当時、父帝の後宮には有力な妃が母の他に二人いて、互いに寵愛を競っている最中だった。こんな状態でもまだ母を愛していた日向は、正義感に燃える。

（このままにしておけない）

弱り切った身体を引きずり、体力を振り絞り、火鉢にそれをくべて灰にした。とたん、嘘のように自分の身体が軽くなった。そこで、呪詛が母ではなく自分を狙ったものだと初めて知った。

（一体誰が？）

日向の存在を知っている者はほとんどいない。

だから犯人はほどなくして割れた。新たな呪具を仕掛けにきた下働きの男を問い詰めたところ、東宮心星の命によるものだと判明したのだ。

（何故）

叫び出したくなるのを堪え、唇を噛みしめた。

（地位も名誉も母上の関心もすべて持っているくせに、わたしの命まで奪おうというのか）

人並みの愛を与えられず、生きていることすら許されない。日向は身を守る術を一つも持たない一人ぼっちで完全なる無力な存在なのに。熱した鉛でも飲み込んだように胸が熱く苦しい。

（このままではいずれ殺される）

どす黒い怒りの海へ放り投げられ、まなうらで紅蓮の炎が燃える。かつての双子皇子の弟宮の魂でも乗り移ったようだった。

（……いつか必ず、取り替わってやる）

日向は独自で陰陽道を学んだ。飽きずに何度も繰り返される心星からの呪詛を術式で退け、これまでよりいっそう身体を鍛え、隙なく学問を身に着け、その時が来るのを待った。

契機は十四歳のときにやってきた。

その頃、日ノ本では災害が続いていた。かねてから浄土信仰に傾倒していた父帝は心を痛めて譲位を決め、まもなく心星の践祚が決まった。

そんな大切な折、緊張からか彼は今まで以上に調子を崩し、里邸で幾日も加持祈禱を行うが全くよくならなかった。

『どうして治らないの！』

日に日に篤くなる容態に業を煮やした母は、髪を掻きむしって叫ぶ。

『……必ずよくなりますから……』

息も絶え絶えに訴える心星だったが、母の癇癪は収まるどころかひどくなった。

『こんなことなら最初から日向を東宮にしておけば！』

気を失いそうに叫び喚く母を、日向は心の中で大いに慰めた。

（ご安心ください、まもなくその願いを叶えてさしあげます）

日向は人々が寝静まった真夜中、心星の枕元へ立った。

『心星、助かりたいか？』

病床の兄は闇の中うっすらと瞼を開いた。弟の姿をみとめると、熱で赤らんだ目をさらに充血させた。憎しみと不安がないまぜになっていた。

『そなたの病は神仏への祈りが足りないせいで治らない。しかるべき寺社で得度を受ければたちどころによくなるだろう』

『……っ』

瞳に宿る炎が揺らいだ。この世から消し去りたいとまで望んだ弟への厭悪と、生命への渇望の狭間で明滅する。やがて、藁にもすがるような色となった。

『手を貸してやってもいい。信じるも信じないもそなた次第だ』

こうして、心星は日向の術中に嵌まった。

ゆかりの寺で彼は得度式を受け、翌朝不在に気づいて大慌てで駆けつけた従者が、母親へ東宮出家の報を伝えた。世俗的な死を迎えた心星へ、母はもう目を向けはしなかった。

『日向、お前がいてくれてよかった』

母の腕に抱かれ、生まれて初めて朝日を拝んだ気分がした。ようやく自らの存在意義を感じられた――はずだった。

新たな帝となった日向は、善政を敷こうと意気込んでいた。ほどなくして心星が出家の甲斐なく還らぬ人になったという知らせも、それに拍車をかけた。

歴代一立派な帝になってみせると期待に胸を高鳴らせ、次々と新しい政策を展開する。

（そうだ、法華経千部供養を営もう）

前年の災害で苦しむ民のため国庫を開放し、ついでに心星の弔いも兼ねた。

身の回りをとことん節約し、人員を減らし、法要の後も余剰な米は民へ分け与え、弱り切った国力の回復に努めた。市井での日向の評価は著しく上がり、誰もが新帝を讃えた。

そうして久々の休みをようやく作って母の住まう梅壺へ、日向は意気揚々と足を運んだ。

そこには両手を広げて自分を迎えてくれる笑顔の母がいるはずだった。しかし、彼女は名だたる風流好みの貴族を集めた和歌の会の真っただ中で、国母さま、国母さまと持てはやされることに夢中だった。

『主上のお出ましでございます』

女房に告げられて、母は形式的に上座を日向へ譲ったものの、その目は自分を敬いあがめる者たちへ向けたままだった。

『頭の弁や、さあ続きをお詠み』

『母上、久方ぶりに少しお話をしたいと思って来たのですが』

日向が割り込んで話しかけると、周囲の者が気を利かせてその場から下がり始めた。母は瞳にあからさまな落胆の色を浮かべた。

『主上、何かございましたか？』

よそよそしく尋ねられ、若干怯みながらも日向は明るく告げる。

『先日の悲田院への薬師派遣ですが、目覚ましい効果がありました。病人の数が半分以下に減ったそうなのです』

『わたくし政はわからないわ』

手元の和歌が書かれた薄様を眺めながら、母は流すように言う。

『何をおっしゃいますか。国母として関心を持っていただかねばなりません。わたしにはまだ妃がおりませんから、母上こそがこの後宮の主なのですよ』

国母になることへこだわっていた母を鼓舞する言葉を選んだつもりだったが、彼女は別の部分に強く反応した。

『後宮の主。でしたら、皆の者にわたくしを中宮さまと呼ばせてもよろしいかしら』

言ってから、口の中でもう一度『中宮……』と夢見る少女のごとくつぶやく。

そういえば彼女は昔から、中宮になって国母となるという明確な目標を掲げて生きてきたのだった。

しかし、母親を帝の妃の筆頭である中宮に据えるのは到底無理な相談だった。冗談で言ったとしか思えず、日向は軽く窘（たしな）める。

『母上、それはさすがに叶いません。父上はすでに出家されておりますし』

とたん、火山が噴火するかのように母はいきり立った。

『何故！』

目を瞠（みは）るほどの激情に、日向の理解が追い付かない。

『何故とおっしゃられても……そういうものだからとしか』

『わたくしは左大臣（さだいじん）家の一の姫よ。中宮になって、皇子を生んで、国母となるのは宿命なの』

『その祖父上もとうに鬼籍（きせき）に入られています。母上はすでに国母として皆に敬われていらっしゃるのですから、それで十分ではありませんか』

『いいえ。なんのためにお前を帝にしたと思っているの』

手の中の薄様がぐしゃりと握りつぶされる。墨（すみ）がつくのもいとわず、彼女はそれを顔に当ててけたたましく泣き始めた。

『また叶わない……どうして』

どうして。

それを問いたいのは日向の方だった。

（どうしてまだ泣いている？）

幼い頃からずっと、その涙を止めてあげたいと願った。病弱で頼りない兄の代わりに自分が帝になれば、彼女は笑顔になると信じていた。それなのに。

（どうしてわたしを見ない？）

健やかに成長し、立派な政務を執る息子を、誇らしく感じるものではないのか。

（『中宮』になって、『国母』になりさえすれば、他のことはどうでもいいのか？）

彼女は目の前で善政を敷こうと努力する息子を評価するどころか、視線さえ向けない。

『今日のところは、失礼します』

逃げるように梅壺を去った日向だったが、まっすぐ歩けているのかどうかわからないくらい動揺していた。

長い間、胸で温めてきた幸せの予感が、音を立てて崩れていく。

（よくやったと……自慢の息子だと……褒めてはくれないのか）

それからも、何度か彼女と会話を試みたが、結果は同じだった。そのうち、もう話しても無駄だと諦観を覚えたが、やはり時間を置くとまた同じ期待を抱いてしまう繰り返しで、対話の回を重ねるたび日向の神経はずたずたに切り裂かれていった。

結局のところ、母は『帝になる息子』が必要なだけだったと認めることは、これまで頑張ってきた自分のすべてを否定するのと同然だった。

加えて、日向を評価しないのは母だけではなかった。

公卿（くぎょう）たちの目もまた冷ややかだった。彼らは早々に病がちの東宮へ見切りをつけて次期東宮候補へ肩入れしていたのだ。聡明で行動理由が明確な日向は、彼らにとって意のままに動かせない帝だった。かといって非のない振る舞いを止めるわけにはいかず、扱いづらいと敬遠した。

日向は孤独に苛（さいな）まれ、やるべきことは山積みで、兄の死の責を負い、それでも運命に逆らってまで手に入れた立場を手放したくはないと足掻（あが）く。消化しきれない重石（おもし）を抱えて、日に日に消耗（しょうもう）していった。

幻滅してもなお諦めきれない欲求を持て余し、不安に押しつぶされそうになって、何もかも消し去りたいなどという暴力的な激情に支配されかけ――あわやというところで、衝動的に大内裏（だいだいり）を抜け出した。

無我夢中で馬を走らせ、都を出て西へ西へ。気づけば、嵯峨野（さがの）の方まで来ていた。

太陽は西へ傾き、空は黄金色。足元には夕霞（ゆうがすみ）がたちこめ、徐々に深くなってくる。どこからか漂ってくる花の香（か）に誘われて森へ足を踏み入れると、淡萌黄（うすもえぎ）の木々の天蓋（てんがい）に山藤（やまふじ）の蔦が絡みついて、鮮やかな白藤が咲き乱れていた。

むせかえるような甘い香りに酩酊感を覚え、馬を降り森を進む。やがて歩き疲れて屈み込んだとき、頭上で羽ばたき音が聞こえた。

(小鳥は自由でよいな。なんの憂いもないのだろう)

なんとなく隠形の術式で気配を消し、その姿を確認しようと見上げ——息を詰めた。

(人間?)

そこにいたのは、白藤を映したような肌をさらした少女だった。まとうのは黒絹のごとき滑らかな髪のみ。緑陰と白藤と花霞と金の夕陽の欠片を浴びた姿は、なまめかしいというより神々しく、天上世界を彩る天女のようだった。

まなうらで稲妻が弾けたように瞬いた。

(天女……そういえば、羽衣を奪って女を手に入れた男の話があった)

胸の中に奇妙な熱が灯った。もうすでに枯れ果てたと思っていた希望への欲求が高まり、思わず手を伸ばしている自分がいた。

(とんでもない)

はっとして、手のひらを握り込む。だが視線は彼女へ釘付けで、一分たりとも逸らせなかった。

(おほかたに花の姿を見ましかば)

このまま時を忘れて堂々と眺めていられたら。

だが——すぐに邪魔が入る。

『こらーっ、人間になるときは衣を着ろって言われただろ!』

大きな雀が賑やかに飛んできて、紅色の衣を少女へかけた。

(あやかし? あの少女は……あやかしだったのか)

少女は花も恥じらう笑顔を浮かべ、鈴の鳴るような可憐な声で言う。

『茶々丸、わざわざ持ってきてくれたの! ありがとう』

『全く。姫は姫らしい格好しないと、先王に叱られるぜ』

(姫だと? 先王とは……まさか鵺か? では彼女が噂の『あやかし姫』)

あやかし界では長らく王と呼ばれていた鵺が世代交代をしたらしいと、陰陽寮で囁かれていた。最近あやかしはめっきり人間を襲わなくなった。その代替わりが影響しているのではと陰陽頭は予測を立てていた。

自分も父から帝位を継いで一年余り。似た境遇にあるその姫がなんとなく気にはなっていた。

(それがまさか、こんな幼く愛らしい姫だったとは)

どんな不思議な力を使ってあやかしを一つにまとめたのだろう。彼女は自分にはない何かを持っているのだろうか。

『夏麦（なつむぎ）が目覚める前に帰らなくちゃ』

あやかし姫は、雀と共に木々を跳び越え去っていった。あっという間の出来事だった。

日向は彼女の背が消えた南方を見つめ、ぽろりとこぼす。

『黄金（きん）の空　花もひとつに　かすみつつ　藤のはつかに　見えし君はも』

空は金、花の色も照らされて同じ色に霞んだ中で、藤とともにほんのわずかだけ見た姫君よ――。

忘れがたい邂逅（かいこう）だった。

それから。

心の空虚に耐えきれなくなると、日向はふらっと嵯峨野へ向かって姫の姿を探した。彼女が嵐山（あらしやま）に住んでいたのを知るのは後のこと。当時は三度に一度ほどの確率で彼女に会え、双六（すごろく）でよい目が出たような勝利感に浸った。

姫はいつも仲間に囲まれ、走ったり跳ねたりして無邪気な笑顔を振りまいていた。眺めていると、何かの奇跡のように心の中の鬱積が溶けて流れていった。

何年か経つと、心身の成長に伴って日向は自分を取り巻く人間の、大方の事情を理解していった。

母には母の譲れない望みがあり、彼女もまた幼少より中宮となり国母となるよう両親から強く諭されて育ち、使命感でがんじがらめになっていた。

刷り込みとはやっかいなものだ。問答無用で大地を荒らす災害のごとく人を縛り付けて離さない。

(要は、誰しも望みなど持つべきではないのだ)

親に託された使命に囚われて、ずっと成長できない母。

すべてを持っていても尚、弟を亡き者にしたがった心星。

卑怯な手で兄を陥れても尚、心の安寧が手に入らない自分。

誰も何も手に入れられていない。期待すればするだけ、必ず落胆が訪れる。

(浮き沈みするたび疲れてしまう。だから一切を捨てよう)

父が俗世より浄土信仰に心を捉われたのも、こういった思いからだったのだろうか。

近くにいるのに手が届かない絶望は、常に氷の刃を胸へ突き刺されているかのようだ。

もう終わりにしたい。

感情を切り離し、政に専念する。何年経ってもわかり合えなかった母親へは、在家出家を促し里邸へ遠ざけた。まさかその一年後に不審死を遂げるとは夢にも思わなかったが。

母の死を、日向はずいぶんと冷めた気持ちで聞いた。

（欲しがらなければ、傷つくことはない）

感情などいらない。無の境地で日々を過ごす。

それなのに、最近心が揺れる。

「山ふぢの花はあやなし　おぼろなる黄金の鳥をばながめくらしつ――か」

何故、あんな歌を詠んでしまったのだろう。

山藤の花が霞であやしくおぼつかない視界の中で見かけたあやかしの姫。黄金の鳥でもある彼女を、傍で長く眺めて暮らしたいと。

暗い塗籠に閉じこもっていたのを急に外から戸をこじ開けられて青空を見せられたようなな。あれは忘れようとしても決してできない鮮烈な光景だった。手が届かないはずの空へ、再び手を伸ばしたくなってしまう。

（きっと髪など触ったからだ）

好ましい触り心地が、頑なな決意を奪っていくようで……。

まだ感触が残っている手のひらを、握ったり開いたりして目線へかざす。

(滑らかでしっとりとしていたから……絡め取られそうになっただけ。魔性というのか、あやかしにはそういう力があるのだろう)

求めるべきではない。どうせ失うのだ。あくまで彼女との婚姻は人間とあやかしの和平のためでしかないのだから。しかも彼女は、先代あやかし王を探したいがゆえ承諾したとも言っていた。

目的が果たされれば、いずれ内裏を去るに違いない。

瞼を閉ざし、彩りの世界を締め出した元の自分へ還るべきだ。しかし、

『ずっとここにいるわよ』

鈴を転がすような彼女の声がよみがえる。

(ありえない)

頭を振って追い出し、無の仮面を被ろうとする。

だがこの頃、それがなんとも難しくなってきた自覚があるのだった。

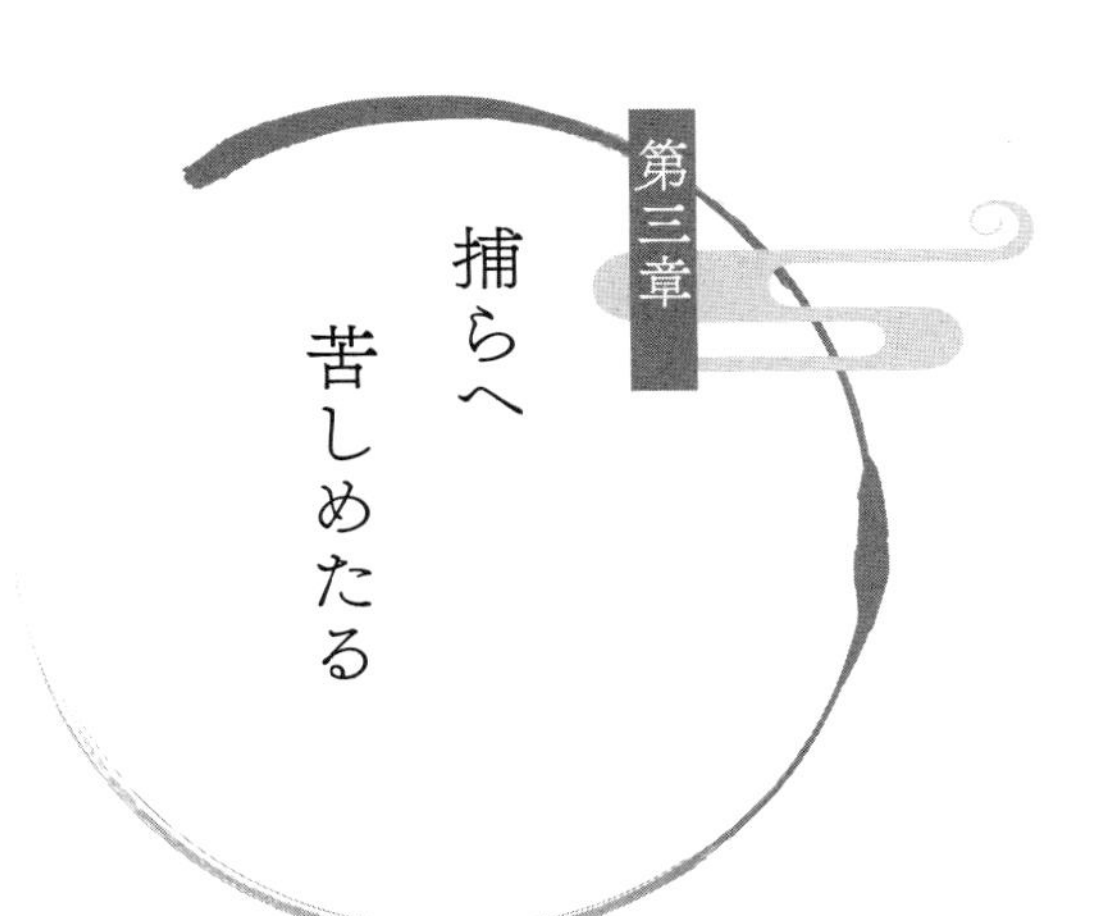

第三章 捕らへ苦しめたる

弥生になると、弘徽殿の桜はすっかり散ってしまった。代わりに藤壺の庭では藤が無数のつぼみを膨らませ始めた。周囲にはすでにほのかな甘い香りが漂い、鶯がやってきて待ちきれないとばかり藤棚で歌っている。

（わたしもあそこに加わりたい）

毬藻は、つぼみの頭にのった若草色の葉をじっと見つめた。腕の付け根が疼いてたまらない。

「姫はよく庭を眺めているが、双六や碁では遊ばないのか？」

共に簀子へ出ていた帝が尋ねてくる。毬藻はあっさりと答えた。

「だって使い方がわからないのよ」

「女房に聞けばよいではないか」

（うーん……）

何度尋ねても返事が返ってこなくて諦めていたのだが、告げ口じみているからわざわざそれを帝へ説明する必要はない。毬藻は頭を捻り、結局代わり映えのしない提案を繰り出した。

「そんなことよりお散歩しましょう。どこかに桃の木が咲いていない？　藤のつぼみ以外にも、甘い香りがする」

帝は目線を上に、しばらく考える。

「花桃は香らないし、もう散ったはずだ。甘いのは木蓮だろうか。……梅壺の方によく香る木があったかな」

「じゃあそっち行ってみたいわ」

「……」

一瞬、彼の目が泳いだ。

「不都合があるの？　もしかして誰か住んでいるとか？　東宮？」

「いや、東宮は梨壺だ。そのうちそなたとも会わせよう」

「梅壺は無人？」

「……今はな」

喉の奥に小骨が刺さったような言い方だ。

「歩きながら話そうか。ふたりだけで行く」

帝はお付きの女房が立ち上がるのを止め、進み出す。不安に痺れたような顔をして、そのくせ足取りはずいぶんと速い。

（変よ。今日は念がちっとも隠せていない）

鬱々とした反感に近い念が、黒い靄のごとく彼を取り巻いている。

（こんなのは……おいしくない）

右手を上げて、力を込めた。突風を起こして足止めする。

烏帽子のすれすれを狙って吹き付けた風に、彼は驚き振り返った。

「今のは……」

「ちょっと落ち着いて。何を慌てているの？」

「慌てて？　わたしが？」

「気づいていないの？　いつも飄々としているのに今日は顔色がおかしいわ」

「っ」

肩に明らかな動揺が浮かぶ。瞳の繊細な艶めきは失われ、絶望の淵を覗いたように凍えていた。

「やっぱり梅壺には何かあるのね。そこに住んでいた人と関係があるの？　誰？」

「先代の……女御だ」

彼は凍てついた瞳を北の庭先へ向ける。そこに立つ木蓮の木は、先ほど毬藻が起こした突風で枝ごと折れていた。地面には姫君の手のごとく白い花が落ちている。

（単なる知らない女性というわけではなさそうね。もしかして……？）

「あなたのお母さん？」

ふと浮かんだ答えを口にすると、帝は沈黙を返すことで肯定した。

（思い出したら悲しくなってしまったのかしら。でも、悲しいって気持ちとは少し違うような……）

夏麦がいなくなった時に毬藻が感じた喪失感を思い出すと、帝の発する感情は別物に思える。

彼のは袋小路に追い詰められた恐怖というか、焦燥というか、どちらかというと強迫観念に近いものだ。

（未解決だから、悲しむ余地がないせい？）

去年の正月七日過ぎに起きた例の事件は、犯人がまだ不明なのだ。

わかっているのは、堀川今出川の里邸で暮らしていた国母が賀茂川と高野川が交わる辺りで遺体となって見つかったという事実のみ。

屋敷と現場は東西に直線状の位置関係ではあるが、深窓の姫君が一人で歩ける距離ではなかった。故に彼女自らが世を儚んで……という線はない。何者かがかどわかして殺し、打ち捨てたのだ。

「あなたは今も、夏麦がやったと思っているの？」

素朴な疑問をぶつけてみる。

直接的な母親の話題でなくなったためか、彼はここまでだだ漏(も)れだった感情をようやく引っ込めて、いつも通りの淡々とした声に戻った。

「母の亡骸(なきがら)の付近には、黒煙が立ちこめていたそうだ」

「川に黒煙？」

「鵺(ぬえ)が通った証(あかし)だろう」

「え!?　そんなの聞いたことないわ」

夏麦は焼け死んだ皇子(みこ)の念から生まれたが、火に関する術は使わない。人間の脳へ直接働きかける操心の力を持っているあやかしなのだ。

今度は毬藻の方が冷静ではいられず声を張る。

「でたらめを言わないで。なおさら夏麦は関係ない」

「そなたは鵺の話になると感情的になるな」

「母親の話題で顔色を変えたあなたに言われたくないわ！」

にわかに帝の気配が殺気立つ。

（この人、こんなふうに怒ることがあるのね。お母さんのことは、触れられたくないのだわ）

しかし、ふたりの膠着(こうちゃく)状態は、空気を切り裂くような激しい足音によって解消させられた。

「主上！　恐れながら……！」

藤壺の方面から侍従がやってきたのだ。重い衣裳を必死にさばき、駆けてくる。

いつもあやかしを恐れてばかりで下を向きがちだった彼女は、これまでとは打って変わり大きな声を張り上げる。

「一条大路の末の辺りで……ひ、火が出たそうです」

「何」

彼女は紙のごとく白い顔をし、なのに顔中汗をかいていた。

「内裏まで……距離はあります、が、風向きが……案じられます。念のためお隠れあそばして……」

話しながらふわりと仰向いてしまう。

「ちょっと！」

毬藻は飛び出し、卒倒しそうになった背中を慌てて支えた。全身の震えが伝わってくる。平時ならば、あやかし姫に触れられたら跳び上がるほど怯えるはずだが、今はそんな余裕がないようだ。

（火事が怖いの？）

無理もない。人間の造る家はひどく燃えやすい。

「一条大路末は鴨川を渡った向こうでしょう？　ここまで火は及ばないわよ」

できるだけ穏やかに宥めるが、彼女は息を喘がせる。

「申し訳ございません……、わたくしの里が、その辺りで……」

「実家が⁉　大変だわ」

それは冷静でいられるはずがない。

（ううん、この人の家族だけじゃないわ。その辺に住んでいる人間全員、危険よ）

今まで、それほど人間に親近感を持っていなかった。だが、彼らに囲まれて過ごすうち、対岸の火事よと知らぬふりはできなくなっていた。

（特に帝とは毎日言葉を交わしていたし）

ついさっき言い合いはしたが、今は関係ない。

毬藻はずいと進み出る。

「火を消すわ」

侍従の身体を帝へ預け、小袿と表着をまとめて脱ぎ捨てる。

「なんだって？」

「わたしは天候が操れるのよ」

偉そうに言いきったが、さすがに日ノ本全土へ影響を及ぼすほどの力はない。せいぜい都全体に小雨を降らせる程度だ。

それでもやってみる。

「火元はどこ？」

伸びあがって――そのまま鳥の姿へ変じた。木蓮の木の頂点まで羽ばたいて枝に留まる。

「見えた」

東の空が赤い。かと思えば、南風に煽られて真っ黒な煙が上がる。あそこだ。

（雨を降らせるだけじゃ駄目ね。風を止めないと）

心を静め、大きく息を吐いた。まずは火の粉を噴き上げている風を押さえつける。それから、さらに集中して火の元へ鈍色の雲を発生させた。

本体が鳥だからか、毬藻はあまり目がよくない。だから、心を研ぎ澄ませて音を聞く。人々の悲鳴に混じり、ばちばちと木が爆ぜる音が拾えた。

（早く）

強く念じた瞬間、空が一気に暗くなった。局地的に、滝が流れる勢いで豪雨が降り注ぐ。しぶきが空気を冷やし、この辺りまで冬が来たように冷えた。

「な、何が起こったのです？」

目を白黒させる侍従を支えながら、帝もまた半信半疑とばかり狼狽えている。

「姫が雨を降らせ……火を消してくれたらしい」

「誠でございますか？　女御さまが、火を」

一度に力を使いすぎたか、毬藻は足元がおぼつかなくなった。枝に摑まっていられず、翼を広げて緩やかに下降する。

「姫！」

裸足のまま帝が庭へ飛び出してきて、手のひらを広げた。毬藻はそこへ着地し、あたたかな熱に包まれる。

「大丈夫か⁉　無理をしたのでは」

先ほどのひりつく対話を忘れ、帝はまっすぐに心配の心を向けてくれる。

「少し休めば平気。それより、火事の状況を確認してきて」

「すぐに検非違使をやって報告させる。侍従」

「は、はいっ、かしこまりました」

侍従が駆けていく。疲れでとろんとした目で帝を窺えば、彼はいつになく食い入るような瞳をこちらへ向けていた。

「そこまで必死になるのは、夏麦とやらのためか？」

「え……」

「鵺の無実を証明せんと、火を消したのか？」

「違うわ。何を言っているの」

毬藻はいきり立って羽根をばさばさと動かした。冠羽で指をつつく。

「ただ単に人間を救いたいと思ったからよ。みんなを束ねるあなたのためでもある」

「わたしの、ため……？」

目を瞠る帝の感情がじわっと溢れた。

（喜んだの？）

みずみずしくてまろやかな甘さが食欲を直に刺激する。力を使って疲れているせいか、堪らない。

「食べたい」

反射的に首を伸ばしてくちばしを開いた。あれこれ考えていられなかった。吸い寄せられるように、驚き固まっている彼の赤い唇にちょこんと触れる。

「ん……、甘い、なんて、おいしいの――？」

びくりと肩を撥ね上げた帝は、甘い香りを引っ込めて驚愕に満ちた念を発する。

「あ、甘いの終わっちゃった」

「い、今……のは……」

上がり下がりする帝の調子外れな声を聞いて、毬藻は我に返る。

（やっちゃった）

祈るふうに羽根を合わせて小首を傾げた。

「ごめんね、これ、あやかしの本能。疲れていたから……つい食べちゃった。蜂蜜みたいにとろっと甘くて素敵な味。どうして今まで食べずにいられたのかしら。すごく……好き」

「っ」

帝の身体から、隠し切れない動揺が漏れ出す。わき腹を震わせ、目を白黒させながらも、眉根を寄せて無理やり感情を押し込めようとしていた。

それってすごくもったいない。

「私の前では隠さなくていいのに。むしろ大っぴらに出してもらえたら」

「何を言っているのだ。意味がわからない」

そっけない口調で言って顔を背ける。それでも、振り払ったりせず、手のひらの上へ乗せたままにしてくれた。

（もっとこの人のいろんな感情を知りたいな）

毬藻は漠然とそんなふうに考えた。


やがて火事の第一報が届く。

侍従ではなく今度は二位の局が知らせに来た。

「主上、火事ですが、幸いにも鎮火したようでございます」

思ったより便りが早いのは、こちらから差し向けた早馬と現場からの知らせが途中で行き合ったからだそう。

鴨川に接する一区画が焼け落ち、川の水は灰で真っ白になってしまった。けれども、突然の豪雨のおかげで被害は最小限でとどめられたという。

「近くを通りかかった僧都さまがおられ、その方がご祈禱されると恵みの雨がもたらされたのだそうでございます」

「僧都？」

帝と顔を見合わせる。

突然すぎた雨は自然のものではないと直感的に気づいた人間が、たまたまその場で祈っていた僧侶の法力と結びつけたのかもしれない。

「わたしは一旦清涼殿へ戻る。公卿たちと対応を話さねば」

「いってらっしゃい」

「その前に、我が妃の功績を讃えなければな」

「さっきもらったわ。一口でお腹いっぱいになるくらいおいしかった」

こんな場所で何を食べたのかと二位の局が訝しげなまなざしを送ってくる。帝は説明したくないのか被せるように早口で言った。

「では改めて美しい衣裳や櫛を贈ろう」

「櫛！　いらない。本当にやめて」

手のひらから転げ落ちそうになりながら全力で拒絶する。代替案を出さなければ強行されそうな予感がして、毬藻は適当なことを口走った。

「贈り物は麦にして」

「麦だと？」

「茶々丸と一緒に食べるから」

「植物の方の？」

妙に真顔で尋ねてくるから、毬藻は目をぱちくりさせた。

「そうよ。金色でぷちぷちしていて歯ごたえが堪らなくて、一番好きなの」

「麦が……一番好き、か」

帝の声が低く沈む。

(変なこと言ったかしら？　鳥らしい望みだと思うのだけれど)

問い質している時間が今はない。二位の局が促してくる。

「主上」

「ああ行く。姫、そなたの好物は覚えておこう」

簀子へ戻ると、脱ぎ捨ててあった衣裳の上にそっと置いた。

毬藻は羽根を振って二人を見送ってから、ゆっくりと人間の姿へ戻った。


都の火事は、翌日また起こった。

場所は五条天神川のほとり。またしても川の近くだ。今度は内裏から距離があったため知らせが遅れ、かなりの被害が出てしまったという。

「二日も連続で不審火なんて、恐ろしいわ」

「あやかしの仕業ではないの？」

夕餉を運んできた中納言と命婦が話しているのが聞こえた。

「なんでだよ。火なんか熾こす必要ないじゃんか」

雲丸が腹の鏡をぴかぴかさせていきり立つのを、毬藻は宥める。

「適当言っているだけよ。気にしなくていいわ」

人間は不安や恐怖の行き場がなくなると、あやかしのせいにしたがるのだ。もう知っている。

するると、先の典侍が現れて部下二人に注意した。

「無駄口はよしなさい。それに先日の火事では女御さまが雨を降らせてくださったのだと侍従が言っていましたよ」

（あら、そんな噂が広まっているの？）

意外に思って目を瞬く。

すぐ傍で畳をほじくって無聊を慰めていた茶々丸がくちばしを開いた。

「なあ、火事ってさ、自然に起こったわけ？」

「どうかしら。人間たちは夏麦がやったとか思っていそうね」

「先代王が？　本当か？」

「そんなことない！　……って思うけれど、行方はいまだわからないままだしね。ちょっと現場を見てこようかしら。火事の原因がわかれば帝の力になれるかも」

何気なく言えば、茶々丸は瞳を輝かす。

「ひょーっ、楽しそう！　俺も行きたい」

人間ならば焼け跡なんぞ死者の怨霊(おんりょう)が飛び交っているとして、夢に見るのすら毛嫌いするが、あやかし独特の強い好奇心から場は盛り上がる。

「おいらも混ぜてください」

「行くですぞー」

雲丸も首を伸ばして加わってくるし、餓鬼(がき)や猫又(ねこまた)までぴょんぴょん跳ね始めた。

「だめよ。みんなで行ったら目立ちすぎるわ。今日は茶々丸だけね」

指名を受けて、茶々丸は鳩胸(はとむね)を膨(ふく)らませる。

「早く行こうぜ！　俺が先導してやる」

待ちきれないとばかり飛び上がった。と――、

ばちん！


中空で激しい火花が散った。刹那(せつな)、真っ逆さまに落ちてくる。

「茶々丸！」

驚いて毬藻も鳥になり追いかけた。

落下した茶々丸のすぐ下には藤棚(ふじだな)があり、身体(からだ)は柔らかい若葉に受け止められる。地面に落ちたよりいくらかましだが、衝撃でぐったりと目を閉じている。

「しっかりして！」

身体中の力を集め、茶々丸へ分け与えた。その甲斐(かい)あってか彼はすぐに気を取り戻した。

「う、うーん、痛いよ……」

「何があったの？」

「わかんねえ……脳天ぶつけた。禿(は)げてない？」

「大丈夫。でも、ぶつかったってどこへ？」

空を見上げても何もない。

「なんか嫌なものにドン！　って当たったんだよ……透明の壁みたいな」

「よく見てみるわ」

慎重に羽ばたき、茶々丸の軌道を低速でなぞる。火花が散った辺りへ目を凝(こ)らせば——五芒星(ごぼうせい)がきらっと光った。

「結界(けっかい)だわ！」

陰陽師(おんみようじ)の。しかも、とんでもなく強い。

以前、上御局の妻戸で遭遇したお札など目ではない。さすがの毬藻でも、これに触れたらただでは済まなそうだ。

（いったい誰がかけた術なの？）

あやかしをこの場に閉じ込め、決して外へ出さないという固い意志が込められている。こんなもの、いつからあったのか。しょっちゅう庭を散歩していて全然気づけなかったのは、つい最近仕掛けられたものだからと思われる。

「姫!?　そこにいるのか？」

そこへ、けたたましい足音と共に、帝の声が響き渡った。

（待って。どうしてあなたが駆けつけるの？）

突如として真冬の海へ突き落とされた心地がした。胸の中が急速に冷え、呪いでもかけられたように息苦しくなる。

「隠れるわよ。じっとしていて」

目いっぱいくちばしを開いて茶々丸を咥え、無我夢中で羽ばたいて御簾の中へ押し込める。

「みんな集合。母屋から絶対出てこないで」

「ひ、姫さま、何があったの……？」

「緊急事態よ」

素早く衣裳の中へもぐり、人間の姿へ戻る。御簾の前で両手を広げて立ち塞がったところで、帝がとうとう姿を見せた。

目の覚めるような樺桜の直衣をまとい、戸惑いの瞳を向けてくる。

「よかった、そこにいたか」

毬藻はでき得る限りの怖い表情で彼を睨み上げた。

「近づかないで。あなたは陰陽師ね？」

「……っ」

明らかなる動揺が浮かぶ瞳に、毬藻は正解を確信する。

（そういえば、気配の第一印象だって陰陽師と同じだったのに……）

嵐山で初めて対面した日を思い出し、あっさりと彼の言葉を信じてしまったのを後悔する。

仲良しのふりをしているうちに、本当に仲良くなった気でいた。しかしそれは、流行病に冒されていたも同然で、我に返って見れば思い出したくもない悪夢だった。

両手を顔の前で交差させて臨戦態勢を取った。

「結界に触れてすぐに気づいたのは、あなたが仕掛けたってことだもの」

「……いかにも、わたしの術式だ」

信頼しかけていただけに悔しい。

「認めたわね！　わたしたちを捕らえてどうするつもり？」

言い合いを聞きつけ、藤壺の女房たちが出てくる。

「いったいなんの騒ぎでございましょうか？」

「単なる夫婦喧嘩だ。犬も食わない。下がっておれ」

「ですが」

帝にぴしゃりと退去を命じられて、女房たちは戸惑っている。毬藻も口を挟ませた。

「みんなは曹司へ戻っていて。怪我でもしたらいけないから。わたしこの人に怒っているのよ」

五人は帝と毬藻の様子を交互に窺いながら後退し、けれど去りはせず離れた場所へ佇んだ。

「婚姻なんて嘘だったのね」

「それは違う」

「どこが？　あやかし姫を体よく捕らえようとしたんでしょう。でもお生憎さま、わたしは結界を破ってここから出ていくわ。たとえ片翼がもげたとしてもね」

　それが皆の命を守るあやかし姫の責務だ。茶々丸や雲丸……弱き者たちをすべて無事に脱出させる。

「……やはり逃げるつもりだったのだな」

「え」

　荒々しい反論が来るのを身構えていたが、帝の声はずいぶんと低い。

「わたしを嘘つきだと責める権利がそなたにあるのか？　ここにいると言いながら、あっさりと出ていこうとする」

　あちらの非を責め立てていたはずが、いつの間にか毬藻が畳(たた)みかけられている。

「それは……状況が変わったから……」

「鵺(ぬえ)と繋(つな)ぎが取れたのか？」

　彼の語調は強まるばかりだ。

「何を言っているの？　支離滅裂(しりめつれつ)よ」

　徐々に毬藻の興奮は引いてきた。幾分落ち着いて返答できる。

「陰陽師であるあなたが、あやかしを結界に閉じ込めてどうするつもりかと聞いているの。逃げるだとか夏麦だとかは関係ないでしょう」

　こちらが声の調子を落としたためか、彼も冷静さをやや取り戻したようだ。淡々と告げてくる。

「まずわたしは陰陽師ではない。単に術式が使えるだけだ。よって第一の前提は崩れる」

「結界を張ったのは事実でしょう」

「捕らえて苦しめようという意図はない。ただ」

わずかに言い淀むが、毬藻が睨んで続きを促すと彼は言う。

「鵺と何らかの繋ぎを取りかねないと思い、結界を施した。つい最近だ。姫が小鳥で空を飛べると知ってから」

「ふうん……」

真意を探るまなざしを送る。彼は今感情を隠せていない。嘘をついているなら見抜けるはずだが、本音を話しているふうにしか見えなかった。

（結界を張ったのは最初からじゃない。鳥の姿でどこまでも飛んでいけるからっていうのは本当らしい。じゃあつまり……）

「わたしがあやかしだから信じられないって意味なのね？」

ずばり指摘をすると、帝は目を見開いた。焦りの念がぱっと散る。

「違う」

「違わないでしょう」

「違うけれど違わない。たしかにそなたを信じきれなかった。しかしそれは、あやかしだからではない。わたしは……誰のことも信用できないのだ」

必死に弁明するあまり零れたらしい本音には、切実さが籠もっていた。言ってから、彼はしまったとばかり視線を泳がせる。

（誰も？　人間もみんな？　頂点に立つ帝なのに？）

すべてのあやかしを大切に思い、彼らから慕われている毬藻には、到底理解できない世界だった。

帝は烏帽子からこぼれた前髪をくしゃっとかき上げる。

「とにかく、そなたが逃げようとしたのもまた事実。どこへ行こうとしていたのか」

どうしても彼は、毬藻が外へ出たがる理由を追及したいらしかった。

これ以上事態を悪化させたくなくて正直に答える。

「五条天神川のほとりよ。火事現場を見て原因がわかれば、わたしにも何かできるかもしれない。人間の力になれるかもって思ったのよ」

「その言葉をどこまで信じてよいのか」

疑り深いにもほどがある。毬藻は呆れつつも、そんな彼に自分を信じさせてみたい欲が湧いた。

「じゃあ、一緒に行きましょう。それで解決」

「……確かに」

解決の糸口が見えたので、この機会を逃すものかと結論を急ぐ。

「いつ行く？　今？」

「決行は夜だ。帝と妃が火事場見物など前代未聞だから、忍びでな」

帝は遠巻きにこちらを窺っていた女房たちへ指示を出す。

「今宵、姫を夜御殿へ参上させるように」

「かしこまりました」

以前妻戸を壊した帝の寝室だ。そこで一旦寝たふりをして、夜更けに出発するということだろう。

「では夜にまた」

「ええ、またね」

そっけなく別れる二人の後ろで、女房たちは袖をまくり何やら気合を入れていた。

その夜、何故か毬藻は異様に飾り立てられた。

内側が白でだんだん濃くなる紅（くれない）を重ねた五つ衣（いつつぎぬ）に、また白の表着（うわぎ）、その上に蘇芳（すおう）の唐衣（からぎぬ）を羽織（はお）らされ、二羽の鴛鴦（えんおう）が円を描く紋様が染め抜かれた裳（も）を着けられる。

「へえー、こうやって同系色を重ねるのも綺麗（きれい）ね」

「紅の薄様（うすよう）でございます」

先（せん）の典侍（すけ）が抑揚（よくよう）のない声で答えてくれる。

珍しく会話ができそうな気配に、毬藻は身を乗り出した。

「寝床へ向かうのにこんな正装をするなんて、面白いわね。これは人間の風習なの？　それとも帝独特の決まり事？」

彼女は口元を窄（すぼ）めて渋面（じゅうめん）を作った。

「女御（にょうご）さまは主上（おかみ）の夜のお相手をされるために参られるのです。初めてのお勤めはこのようにいたします。わたくしども女房も最高の誉（ほま）れとなるめでたき日でございます」

「ん？　……ああそうか、お忍びはあくまでお忍びで、表向きは違うって装（よそお）うのね？　わかったわ、合わせる」

彼女は言いたいことがあるのに言えないとばかりのもどかしげな目をしたが、反論はしてこなかった。

「あの……、今宵の件だけではないのですが」

しばらくして、おずおずと口を開く。どこか思いつめた目が毬藻をじっと見つめた。

「なぜ都の火事へお心を寄せてくださるのですか？」

「何故って言われても……」

「先日助けてくださった侍従(じじゅう)の母君は、わたくしの古き友なのでございます」

ありがとうございます、と。

言葉にしない彼女の感謝の念がふわりと放たれた。

帝との言い合いで尖った毬藻の心が、優しいものに包まれてほんのりと丸くなった。

「そうだったの。よかった、少しでも誰かを救えたのなら嬉しい」

「あやかしとは……人を不幸にするものだと思っておりました」

「悲しみとか怒りの念を好む子もいるから否定はしないわ。でもわたしは感謝の念から生まれて、それを食べるあやかしなの。だから、嬉しがったり楽しがったりしている人間を見るのが好き」

「……」

明るく言ったのだが、先の典侍も他の女房もしんと静まり返る。そして一秒後、安堵(あんど)のようなあたたかな空気が辺りを満たした。

毬藻は支度を終え、女房五人に囲まれて夜御殿へ渡る。

そこで待ち構えていた帝は、よそよそしい声で美辞麗句を並べた。

「今宵もまた一段と可愛らしい。白藤のごとき肌につぶらな瞳はいつも以上に輝いて、頰はみずみずしい桃のように染まっている。藤の花も姫の美貌に恥じ入って咲くのをためらってしまうだろう」

毬藻はしらじらしくなってそっぽを向いた。

「上辺だけの会話はもうやめましょう。さっきみたいに正面から意見をぶつけ合う方がいい。その方が断然嘘がないわ」

「そうだな。では単刀直入に。こちらに着替えてくれ」

喪服に近い鈍色の小袿を渡される。お忍びに適した服装というわけだ。

帝は帝で、御引直衣から普段着なそうな青朽葉の狩衣へ着替え、小さめの風折烏帽子をかぶる。すらりとした手足に均整の取れた体軀をしている彼が軽装をまとうと、涼しげで洒落ていて、当代一の遊び人とばかりの色気を滴らせる。風折烏帽子から覗く乱れ髪すら粋だった。

「これなら誰も帝と思わないわね」

「そなたも寵愛を独り占めにしている今を時めく妃だとは思われまい」

ふたりして用意された網代車へ乗り込んだ。屋根が檜ではなく竹でできた車は、中流貴族の乗り物だ。

随身の数は限りなく絞り、冠をかぶり松明を持った車副二人と、垂髪の牛飼い童一人だけ。行き先は大内裏から南西へ遠く離れた五条だ。

二条、三条の辺りまでは行き交う車があったものの、四条を過ぎたあたりからぱったりと人通りがなくなった。人家も明かりを消して沈黙している。

虫の声しかしない中、車が止まった。

「行くぞ」

密やかな声で帝が言い、手を引いてくる。外の人間が誰も口を開かないから、毬藻も無言でうなずいた。

降りてみて、まず焼け焦げた臭いに圧倒される。松明の火しかないそこは闇に沈んでいた。

(夜目が利かない)

広大な地域に黒々とした灰が積もっている様子は、臭いでわかった。

瑠璃色の空に浮かぶ蒼く細い月が、西を流れる川を白く照らしている。まるで葬送の白い着物が幾枚も浮いているようで不気味だ。

「どうだ？　何かわかるか？」

「うーん……少しその辺を歩いてみてもいいかしら」

「あまり深入りはするな。死者の魂にさらわれるぞ」

「あやかし姫が？　まさか」

怨霊といって、この世に恨みを抱いた人間が生きたまま霊魂だけ抜け出て悪さをしたり、死んでから誰かを祟りに出てきたりするらしいが、あやかしとは全く別の存在だ。毬藻に影響するとは思えない。

「調べがてら霧雨を降らして、残っていそうな火種を消してくるわ」

手のひらを上に向けて歩き出す。足裏に当たる大地は炭と灰で覆われて、ぼこぼこしていた。

「待て」

「あなたはそこにいて。松明が消えたら困るから」

辺りはすべて燃えてしまって視界を遮るものがない。定点に誰かが明かりを持っていてくれたほうが回りやすいのだった。

ようやく納得したのか、帝は足を止めた。

毬藻は心を落ち着けて、周囲に静かな雨を降らす。地面に降りた水滴は、月光を宿して真珠のごとくきらめき、すうっと吸い込まれていった。

（あやかしの気配……夏麦の気配……）

犬のように鼻をひくひくと動かして周囲を探る。

（ないような、あるような、あるような、ないような）

不思議だった。

大抵は、残り香を嗅げばあやかしの関与くらいはわかる。しかし、胸がざわつくものの正体が掴めず、混乱する。こちらからは見えない目に見張られているような、おかしな感覚だ。

（夏麦なの？　そんな気もするし、違う気もする）

ふと、前方に縦長の影が見えた。焼け残った柱かと顔を上げた瞬間、それがゆらりと動く。

「え……？」

人間だ。

だが、衣も被り物も完全に闇と同化していて全く見えない。

（こんなところに人が？）

昼間すら穢(けが)れを恐れて近づきもしないはずが、よりにもよって深夜に真っ黒の装(よそお)いで立っているなど考えられない。

しかし、ほのかに漂う栴檀(せんだん)の匂いにはっとする。

(僧侶(そうりょ)？　それなら死者を悼(いた)んで合掌(がっしょう)していたのかもしれない。そういえば一条大路末でも目撃証言が……)

「姫、何かあったのか？」

毬藻が足を止めたのが見えたのか、はたまた小声を上げたのが聞こえたのか、背後で帝が声をかけてくる。

振り向きかけたとき、前方の気配が大きく動いた。

「きゃっ！」

とっさに両手を突き出して霧雨をぶつければ、相手は地面に屈みこんで灰を投げてくる。

「姫!!」

異変を感じ、帝が慌てて走ってくる。松明の火が近づくのと、影が遠ざかっていく速度が怖いくらい一緒だった。

「どうした!?　無事か！」

彼は松明を投げ出すと、がばりと毬藻を抱き寄せてくる。

「っ」

突然のことで驚き、毬藻は身体を硬直させた。

「何か事件に巻き込まれたのかと」

「おおげさね」

「おおげさではない。こんな闇の中、何があるか知れたものではない。やはりひとりで行かせるのではなかった」

（心配してくれたの？　そんなに取り乱すほど？）

逃亡を疑い、責め立てた彼と同じ人なのかと聞きたくなる。

（でも、こっちが本音っぽいわ）

今の彼は心になんの隠し事もしていない。

誰も信じられないのだと言った。

けれどそれは、敵とみなしているせいではない。関心がないわけでもない。なんの情も感じない人ではないのだ。当初から存在した壁が、徐々に壊れてきている気がする。

（一緒に過ごし、少しずつわかってきた。感情をひた隠しにしてばかりのこの人の念は、実はすごくおいしいことも）

毬藻を心配しながら、彼は何かをひどく恐れている。

羽根の傷ついた小鳥へするように、そっと腕を彼の背へ回し、ぽんぽんと優しく叩いた。

「安心して。わたしは最強のあやかしよ。誰にも負けないの」

「……鵺にもか？」

「ええ、夏麦にもよ。生まれてすぐに『お前が王だ』って。わたしには勝てないって彼の方から認めたの」

「そんなあっさりと王位を譲られたのか？　争いもなしに？」

「あやかしは力の大小で順位付けが一目瞭然だから、争う必要がないのよ」

自分より強い者へ歯向かうのは死を意味するのだ。

「争いのない世代交代、人間よりもよほど文明的だな」

「力至上主義が文明的？　変なこと言うわね」

くすくすと笑えば、彼の腕の拘束は解ける。漂う緊張感も和らいできた。

「そういうわけで、心配はご無用。むしろわたしがあなたを守ってあげるわ」

太陽が東から昇るのと同じく自然に答えると、帝は一瞬息を詰めた。そして、ゆっくりと肩を下ろす。

「姫はそうやっていつも仲間を守っているのだな。なんとなくわかってきた」

「なら、もう疑わないでね。結界も張らないで」

　ここぞとばかりに要望を並べ立てる。帝は肩を軽く上げ下げして返事をした。落とした松明を拾い、こちらへ掲げる。と、瞳が見開いた。

「転んだのか？　灰だらけだぞ」

「ち、違うわよ。さっき逃げていった人間にかけられたの」

　格好つけていた手前、無性に恥ずかしい。

「人間？　それこそ怨霊の間違いではないか？」

「また疑うのね！　怒るわよ」

「灰まみれで怒られても可愛いだけだな」

「なっ」

　彼はここに人間がいたとはまるで信じていないが、無理もないのだった。毬藻すら、あれだけ距離を詰められるまで気づけなかったのだ。

（本当に怨霊の類だったのかも……）

　静寂と謎に満ちる現場で、知れず息をつく。

　心配して帝を追ってきた車副の男に松明を渡し、彼は毬藻へ手招きをする。

「おいで。今夜はもう帰ろう。小鳥の姿になれるか？」

「どうして？　嫌よ」

「ではこうやって連れていく」

膝裏に手が差し込まれ、ふわっと身体が浮き上がった。

「えっ、ちょっと、何するの？」

まるで軽い手箱を持つように抱き上げられてしまった。彼の目線が間近に迫り、触れ合う胸からは鼓動が直に伝わってくる。

（なんだか……妙な感じ）

あたたかくてくすぐったい。

鳥の姿で手のひらに包まれた時には特に違和感を覚えなかったのに。あのときと何かが違う。

「恥じらうならば、小鳥になったらいいだろう？」

心を見透かされたように言われて、毬藻は観念した。

「もう……」

紙風船が萎むように鳥の姿へ戻る。帝は右眉を上げ、試すようなまなざしを送ってきた。

「内裏へ戻ったら灰を綺麗に払ってやろう。今は間に合わせに……」

頭を指先で撫でてくる。

「ぐりぐりやめてよ」

「痛いか？」

「痛くはない、けど」

「気持ちがいい？」

「知らない……」

　強く拒めない自分にげんなりして、力を抜く。彼の言う通り、悪い気分ではないのが困ってしまう。

　手のひらからの体温で、霧雨に冷えた身体があたたまってくる。頭の中がとろとろしてきて、時々はっとしながら細切れに夢とうつつを彷徨った。間断なく与えられる愛撫にほだされ――いつしかうつつを忘れていた。


「……で、ここは一体どこなの？」

　本能的に大きく首を振り、辺りを確認する。不覚にも眠りの世界へ旅立ち、覚醒したそこには……白い湯気が充満している。

「清涼殿の西、御湯殿だ」

　お湯が張ってある殿舎、つまりは風呂場である。

か？」

「灰まみれのそなたを洗ってやろうと思っただけだ。湯よりも水浴びの方が好きだった
「別にそういうわけでは……」

「ではかまわないな」

彼は毬藻を手のひらへ乗せたまま自ら浴槽へ入った。

（え？　え？　これって普通？）

茶々丸たちと川で水浴びをしているのとは、何やら違う気がする。

しかし、それを口に出して尋ねるのも憚られた。何故だか。

上目遣いに帝を窺えば、狩衣を脱ぎ捨て白練りの小袖一枚のしどけない姿だ。さらに違和感があると思ったら、烏帽子を外している。

（前に被り物は人前で取れないって言ってなかった？）

寝るときすら被ったままのそれを、さらしてしまってよいのだろうか。

（相手が鳥だからいい……の？）

わからない。顔を湯につっこみ、ぶくぶくと泡を立てる。冷え切っていた身体の熱が一気に上昇した。

「慌てずとも、ゆっくり流してやる」

左手の上に乗せ直されて、右手で掬(すく)った湯をかけられる。

温かさにほっとするどころか、妙なこそばゆさに身体を捻(ひね)った。

「ちょうどいい唐渡(からわた)りの手巾が手に入ったのだ。これで擦るとどんな汚れでもするりと落ちるらしい」

(水牛の角櫛(つのぐし)と同じく胡散臭(うさんくさ)い効果ね……)

帝は生成(きな)り色をした真四角の絹を手に、毬藻の脳天辺りを撫でてくる。

「ん……」

柔らかいながら芯のある感触に、ただでさえ鳥肌なのにいっそう肌が粟立(あわだ)った。

「気持ちがいいか？」

「悪くはないけれど……変な感じ……」

「どのように変なのか？」

「わか……らない」

毬藻を洗う手は止まらない。橙(だいだい)色の頬(ほお)を、桃色のくちばしを、黄金の背羽根を、五色の尾を……どこもかしこも丁寧(ていねい)に隅々まで滑るように愛撫される。

(こんなの、夏麦にだってされたことないのに)

くすぐったさと羞恥に羽根を震わせれば、お湯が撥ねて彼の乱れ髪を濡らす。そのさまがやけに妖艶で、目のやり場に困った。

そのうち、彼の指先が頭の上にぴょこんと立つ冠羽に触れた。

「あひゃあっ」

奇妙な痺れが身体を貫き、甘いさざ波になって肌を這う。

(何、これ。変、駄目)

喘ぐようにくちばしをはくはくとさせれば、どういうつもりか彼はわざと同じところをつついてくる。

「鳳凰の鳴き声とは美しいものだな」

冠羽は柔らかく反発し、逃げては立ち上がる。完全にもてあそばれている。

「それ、やめてってば……っ、ぁ……」

逃げたいが、今や全身がしっとり濡れて羽ばたけない。かといって人間になるのは……もっといけない気がする。何せ変化したら素っ裸なのだ。

「ここに灰がこびりついているから擦っているだけだ」

「嘘……絶対、違う……っ」

「ぴんぴん撥ねて可愛いな」

（可愛いじゃなくて、面白がっているくせに……！）

人差し指が飽(あ)きずに何度も冠羽を擦ってくる。おかげでちょっとの刺激でも身震いするほどそこが敏感になってしまった。鋭くも甘い痺れがとめどなくもたらされる。

「……」

そんな様子を、彼はじっと見つめてくる。いつもの無感情な瞳ではない。熱を孕(はら)み、どこか鋭く、猛禽(もうきん)のごとき捕食者のまなざしと似ていた。

（お湯が熱いせい？　湯気が濃いせい？　それとも……？）

胸がそわそわするような、体内の熱が搔(か)き立てられるような。未知の感覚がして、羽根を大きく羽ばたかせた。盛大にお湯が撥ねて、彼の顔面をびっしょりと濡らす。

さすがに彼は手を止めた。右手で顔をぬぐって乱れ髪をかき上げる。

拘束(こうそく)を逃れた毬藻は飛び上がって浴槽の縁に留まった。

「終わり！」

「そうか、では上がろう。羽根を櫛で梳(す)いてやる」

「もう結構よ」

「硬い櫛ではいけないな。代わりに柔らかな筆を用意させよう」

「聞いているの？　十分だったら」

「……こういった言い合いも、よいかもしれない」

軽い掛け合いから急転して、しみじみとこぼす。毬藻は勢いづいてくちばしを開きかけていたのを、中途半端に止めた。

これ以上深く考えない方がいい気がしてきた。

（ま、いいわ）

いつになく心臓の鼓動が撥ねているのは、きっと湯気の暑さでのぼせたせいに違いないと、無理やり納得させた。


単なる偶然も三度目、ましてや四度目となれば誰もが必然を確信する。

連日の火事から五日あけて、三度目の火事が起こった。そのまた翌日に四度目。そして三日あけて、五度目の火事が。

場所は都のあちこちへ飛んでいる。

都の北、船をひっくり返したような形をした船岡山（ふなおかやま）の木々が燃えたかと思えば、毬藻が百鬼夜行（ひやつきやぎよう）を従えて渡ってきた朱雀大路（すざくおおじ）にある壬生寺（みぶでら）でも火の手が上がった。

船岡山は大内裏の真北、壬生寺は真南とあって、毬藻も間近に黒煙を目にした。前回と同じく急ぎ雨を降らせてはみたものの、火の勢いが強く、半焼に留める程度の力にしかなれなかった。

　さらに五度目の火は、都の北西、仁和寺の辺りにある帝の亡き父院を祀った勅願寺の境内だった。山間部で距離があったため連絡や対応が遅れ、寺は灰燼に帰してしまったという。

（なんだか、妙だわ）

　毬藻は腕を組み首を捻る。

「いくら木や建物が燃えやすいからといって、こんなにも火事って続くもの？」

　膝の上で、茶々丸もうーんと唸った。

「そりゃ冬場のからっ風なんかで一面火の海とかはあるけど、今はそういう季節じゃないよなあ」

　春は朝には靄が立ち込め、夕には霧が生まれる日が多い。徐々に夏に近づいて湿気も増えてきた。原因不明の自然発火がこれほど続くとは思えない。

「わたしが知っている限り、こんなに火事が多いことはなかったわ」

　周囲をぐるりと見まわす。雲丸、餓鬼や猫又たち……、みんな力が弱く若い子たちだ。過去の記憶を手繰ろうにもできない。

すると、餓鬼たちが何かを思いついたのか手を打った。そして毬藻の袖を引き、母屋の奥を指さす。

「え？　どうしたの？」

そちらには、一枚の妻戸があった。三方を窓に囲まれた塗籠の戸だ。中には……。

「そっか、桃丸がいたわね！」

すねて文箱の中へ引きこもったままの存在を忘れていた。

桃丸は夏麦に次ぐ長生きのあやかしなのだ。

「前に、昔の乱で都が火の海に……なんて話をしていたわよね。起こして詳しく聞いてみましょう」

餓鬼たちが大いにうなずいて妻戸を開けてくれる。二間の広さの部屋の中央に置かれた文箱は存在感があった。それを容赦なく拳で叩く。

「桃丸、桃丸！　起きて。聞きたいことがあ――」

「もおぉぉっ、待ちくたびれましたわ！」

言い終わる前に、ぱっかりと蓋が開く。箱の大きさからは想像できない二倍の背丈をした女房姿のあやかしが、立ち上る煙のごとく湧いて出てきた。

「ほらごらんなさい、あたくしの深ぁい知識が必要になりましたでしょう？　宮中の知恵袋、文車妖妃の桃丸さま、ご帰還でございますわー」

乗せられて、餓鬼たちが真顔で拍手を送る。気分をよくした桃丸は、こちらがまだ何も言っていないのに核心を衝いてくる。

「都の火事はねぇ、そりゃまあ日常茶飯事でしてよ」

どうやらこちらの会話を全部聞いていたらしい。話に加わりたくてうずうずしていたのが丸わかりだ。怒濤の勢いが止まらない。

「たいていは人間どもの火の不始末が原因ですわね。燃えやすい家に住むくせに、やたらと火を付けるんですのよ。貴族の屋敷なんかは高灯台を使いますけれど、大殿油なんか油杯に並々油を注いだりするから、ちょっと揺すったりすればすーぐ燃え上がりますの。手燭なんか短くて手軽でございましょう、重宝するからこそ身近な火種になりますわね。釣灯籠はがっちりしていて一見安全そうですが、ひとたび落ちたらもう災難。屋敷は火の海ですわ。庶民だって負けてはいません。松の木の脂燭とか煙がもっくもく出るようなものを使うのでなおさらですわ」

どこかで切らないと話が終わらない。大きな声を割り込ませた。

「わたしも暗いとよく見えないから明かりをつけたくなる気持ちはわかるわ」

「姫さまは典型的な鳥目ですものね！　そこへいくとあたくし、夜目が利きますの。どんな暗闇でも書を読めますのよ。文箱の中でも『狭衣物語』でございましょう、『遊仙窟』でございましょう、大陸の『呂氏春秋』も読破しましたの、おーほほほ」

「で！　最近立て続けに起こる火事だけれど。原因不明なんですって。過去に似たような事例はあった？」

桃丸はようやく自己語りをやめ、髭の生えかけた顎に手を当てる。

「あるにはありましたわねぇ……。大抵盗人や悪党が放火しているんですのよ。でもそういうとき、人間は全部怨霊やあやかしのせいにするのですわ」

「やっぱり。人為的な放火の可能性が高そうよね」

「状況を整理した方がよさそうですわね？」

長い爪で雲丸を指す。

「ちょっと、そこの雲外鏡。陣座をお映しなさい」

「なんだよ急に。しかも陣座ってどこ？」

「内裏の中の公卿らが集まって話し合う場所よ。大臣とか納言とか参議とか二十人くらいが狭っこい場所で輪を作ってぶつぶつ言ってるから、探してみせてちょうだい、さあ早く」

「えー……」

畳みかけられて、雲丸は不満げながら腹を光らせた。

そこには、楕円を描いてずらりと並ぶ黒袍の公卿らが映し出された。

「左端の定文を大きく映してちょうだい」

桃丸が野太い声を張り上げる。雲丸は口を尖らせた。

「どこ？　文？」

「文台で筆を持っている赤い衣の男がいるでしょう。そいつの手元を……今回の事件の調査書ですわ」

該当部分がぐぐっと拡大される。

簡易的な都の地図だった。大内裏を中心に北へ半円を描くように火事現場の印がついている。その下には説明書きと思われる字が細かく記されていた。

目を細めても判読できない毬藻に代わって、桃丸が読んでくれる。

「ふむふむ、なるほど。要するに、鵺の仕業に違いないって書いてありますわ」

「どうして。原因がわからないから全部夏麦のせいにしているの？」

「いいえ。もっと複雑でしてよ」

桃丸は懐から薄様と筆を取り出し、さらさらと地図を描き出した。上下逆さまにして床に置き、毬藻へ見せてくる。

「京の都は大陸から渡ってきた風水の秘術に基づいて綿密につくられていますの。大内裏を中心として北は玄武の船岡山。南は朱雀、宇治の巨椋池が相当します。でも定文にはこれが抜けていて、代わりに御所の南の朱雀門に丸がついていましたわ」

入内初日に毬藻が破壊した例の門だ。

「東は青龍、鴨川を指し、西の白虎は大道……山陰道、五条通りですわ。すなわち今現在、御所を守る四方の守りがすべて消されてしまった状態ですのよ」

「それって、大変なんじゃ……」

目が紙に擦れるくらい近寄って桃丸の描いた図を凝視する。

青龍は一条末で起こった火事が原因で消えた。鴨川が灰で真っ白に埋め尽くされたのが記憶に新しい。

毬藻が壊した朱雀。

次に起こった五条天神川近くの火事は、五条通りをまたがって一帯を焼き尽くした。これで西の白虎もやられた。船岡山の玄武も焼かれて……。

(本当だわ。東西南北の守りが一切ない)

「これは具体的にどういう影響が出るの?」

「呪術的な攻撃を受けたらあっさり陥落する状態ですわ。例えばあたくしたちが一致団結して暴動でも起こせば、帝を亡き者にできるやもしれませんわね。一連の出来事をあやかしが仕組んだと人間たちが考えるのも無理はございませんわ」

思わず両手で自らを抱きしめた。

（あやかしのせいにされるのは、四方の一角をつぶしたのがわたしだからだわ）

自身の振る舞いが墓穴を掘っていたと知り、後悔してもしきれない。

「誰が一体こんな手の込んだことを。狙いは帝なの？」

「大内裏に住む者……后妃や東宮かもしれませんけれど、まー大抵は帝を亡き者にしたいと考えるのが普通でしょうね」

「火事は四方の守り以外でも起こっているわよね。壬生寺とか、山の方の勅願寺とか。それも風水に関わるの？」

よくぞ聞いてくれましたとばかり、桃丸は大いにうなずく。文車を引き寄せて、古めかしい異国の書物を取り出した。

「こちらは道教の方術。『淮南子』に載っておりますわ。千年以上前の大陸の書ですから、姫さまには難しゅうございますわね」

「解説してちょうだい」

「ええ、お任せあれ。使われているのは木火土金水、五行の属性を用い、同じ属性の三方を頂点にした三角形を作ってその中央へ影響を与える秘術ですの。壬生寺は『壬』の字が水ですわね。勅願寺は龍神を祀っていますからこちらも水」

「……二つね。三角形じゃないの？」

「三つ目の頂点は、すでに犯人の影響下と思われますわ」

「つまり？」

「本拠地、ということでございます。こちらご覧あそばせ」

大内裏を中心点にして、壬生寺と勅願寺を線で結ぶ。同心円上に最後に現れた点は――、

「嘘！　糺の森……!?」

そこは先のあやかし王夏麦が、毬藻と暮らす前に棲みついていた場所なのだった。時折現れるあやかし討伐をもくろむ人間が煩わしくて、わざと手出しのされにくい神社の神域にとどまり、自分は神をも恐れぬ存在なのだと皮肉げに誇示する意図もあった。

立ち上がり白躑躅の小袿をたくし上げた毬藻を、桃丸が慌てて制してくる。

「姫さまどこへ行くおつもりですの？」

「もちろん糺の森よ！　だって、やっぱり犯人が夏麦だったのなら止めなきゃ。もちろん信じたくないけれど、もし彼がやったのなら何かのっぴきならない事情があるはずよ」

「お待ちくださいまし。それでは姫さまも関わっていると人間どもに疑われるだけです

わ」

「そうね。でももう遅いわ。朱雀門を壊したのは事実だし。今さら疑われようとも……」

かまわない、と言いかけて、ふと心に帝の面影がよぎる。

（今出ていったら嘘をつくことになる）

誤解が解けて、よい関係を築けそうだったのに。心の壁が薄くなってきていたのに。

（あれだけ信じてと訴えておきながら。あの人はますます誰も信じられなくなるわ）

ふらふらと廂へ出た。格子越しに空を見上げる。

「姫さま？　何を……」

「結界がない。やっぱりあの後、消したんだわ」

毬藻を信じようとしてくれている彼を、裏切りたくない。

だがしかし、夏麦が大それたことを計画しているのなら、あやかし姫として出ていかねばならない。人間たちの手で、特に陰陽師に調伏されるより先に、毬藻が見つけ出し止めなくては。

小袿を握りしめて悩んでいると、桃丸が手招きしてくる。

「あたくしに考えがございますわ。誰にも気づかれず、ここを出てまた戻ってくる方法ですの」

「どんな!?」

彼はしーっと人差し指を立てて辺りを見回す。茶々丸も雲丸も餓鬼たちも寄ってきて、団子のようになって耳を傾けた。

「筋書きはこうです。あたくしがとうとう姫さまのおそばを離れることを承諾して嵐山へ帰ると人間どもへ伝えるんですわ。姫さまは文箱にお入りいただいて……糺の森までお送りいたします」

「ふむふむ、帰りは?」

「忘れ物をしたと言って戻りますわ」

(そこはもう少しいい理由がないかしら……?)

けれども、贅沢を言ってはいられない。今は一刻を急ぐ時だ。

「そうね、お願いできる?」

「もちろんですわ」

「あなたが残ってくれていて本当によかった」

「でございましょう。おほほほほー」

内緒話をしていたとは思えない音量の高笑いに、みんなして彼の唇を押さえつけたのだった。

黄昏時、毬藻は宵闇に溶ける薔薇色の小袿を懸帯で留め、文箱に入って出発する。桃丸の計画は見事成功し、難なく後宮を脱出できた。

「まもなく賀茂川ですわ」

声を掛けられて、中から蓋を押し開ける。出発時はまだ空が橙色をしていたのが、今や薄墨色に染まっていた。

「ありがとう。少し離れた辺りで待っていて」

大柄で派手な衣裳を着た桃丸は連れていくには目立ちすぎる。

「ご安心ください、あっしが先導しますにゃ」

サビ猫の猫又が文箱から飛び出してきて前に立った。

三匹の中で一番貫禄のある腹をした、にゃんた丸だ。翁じみた見目だが、れっきとした女子である。柔らかく膨れた腹の右側には桜型の模様があって、よく仲間たちからそこを撫でくり回され可愛がられている。彼女は夜目の利かない毬藻の目になると言っててついてきてくれた。

「足元気をつけてくださいにゃ」

二股に分かれた川の根本に、対岸へ渡るための飛び石がある。

にゃんた丸について川を渡り終えた頃には、すっかり空は瑠璃紺色に変わっていた。鈍色の群雲が月や星を吸い込んでしまい、視界がおぼつかない。

「こっちですぞ」

手を引かれて北上する。

この辺りはしんと静まり返っていた。遠くに山犬の吠え声が聞こえるくらいで、あとは寂々とした夜風が起こす葉擦れの音くらいしかしない。時折顔を出す細い月が叢の夜露をぎらりと光らせて、その度にゃんた丸はしっぽを膨らませていた。

やがて、木々が鬱蒼と茂る森へ行き当たる。

(ここね)

踏み込んだとたん、おかしさに気づいた。

(虫の声が一切しなくなったわ)

木々のざわめきが大きいせいではない。夏麦どころか、なんの生き物の気配もしないのだ。

(……変よ)

どんな荒れ果てた古里でさえ虫の音はうるさいくらいするものだ。これこそ怪奇現象、不気味そのもの。人間なら加持だ祈禱だと騒ぐに違いない。

「にゃにゃ？　あっちに建物がありますにゃ」

　これだけ不思議な状況で、なんの苦もなくあやしげな場所が見つかり、拍子抜けする。しかしそれは、同時に強烈な違和感を引き起こした。

　足元が滑るほど湿った苔に覆われているこのような場所に、住んでいる人間がいるとは思えない。

（現実とは全く違う場所にいるみたい）

　にゃんた丸が、見たままの様子を告げてくれる。

「草蔓に覆われた土塀があって、門は開いていて……中は草がぼうぼう、蔀戸は破れているのか全開なのか、土埃まみれの母屋が見えますにゃ」

「ん……何か匂いがしない？」

　森の片隅で花でも咲いているのかと思ったが、風向きからして建物から流れてきているみたいだ。

「むぐむぐ……墓地みたいな匂いですにゃ」

「この香り、どこかで嗅いだ気がする」

　人間が作り出した空薫き物。沈香、鬱金……梅檀。

　梅檀？

「誰かがあそこにいる気がするんだけれど、生き物の気配がしないのよ」

「先代王の仕業ですかにゃ？」

「それがわからないの。わたしの鼻も大したことないわね」

結界やなんらかの呪術で故意に隠された場所なのだろう。混乱させるために複雑な香を焚いている可能性もある。

「もしも夏麦なら……答えてよ」

小声で絞り出すように問うてみる。

うねるような風の音と木々の葉がこすれるざわめきの他には、答えるものはいない。

「行くしかないわね。あなたは森を出て桃丸と一緒に待ちなさい」

「にゃんですとっ」

「だいぶ目が慣れてきたし、建物はすぐそこだから大丈夫よ」

「でも……」

「いざとなったら鳥になって逃げるわ。道案内ありがとう」

背中を押して促す。にゃんた丸はしばし抵抗をしていたが、やがて諦めて毬藻の言葉に従った。

彼女と別れて、いよいよ中へ。

「答えないなら……勝手に入るわよ」

門をくぐり、庭草を踏み分けて簀子(すのこ)へ上がる。そのまま開け放たれた母屋へ入ったとたん、群雲が晴れたのか一条の月明かりが差し込んできた。

縦に置かれた几帳(きちょう)に寄り添うように据えられていた魔除(まよ)けの八稜鏡(はちりょうきょう)が銀色に照らされ、反射した光が部屋の奥まで浮かび上がらせる。

「っ」

夏麦が……いた。闇の中で見分けられた異様な姿にぎょっとする。

彼は等身大の黒い翼を広げた状態で立っているのだ。

「――――」

なのに意識はなく、ぐったりと首を下げ、首筋には苦痛の痕による筋が盛り上がり、固まっている。息をしていないのではないかというほど生気が感じられない。

「夏麦っ！」

駆け寄って、その惨状(さんじょう)に時が止まったみたいな心地がした。

彼の羽根は壁へ磔(はりつけ)にされていた。中央に杭(くい)のようなものが打ち込まれ、乾いた血液が黒く固まっている。

「しっかりして!!」

縋りつくと、身体は氷のように冷たい。しかし心臓は動いている。

（これだけ近づくまでどうして気配が感じられなかったの？　あなたが自分で望んで隠れていたの？　どうして……こんな）

「待っていて、今助けてあげるから」

ありったけの力を出して、彼へ分け与える。金襴緞子の衣にさらに金砂を撒いたようなまばゆい光が彼を包んだ。

——やがて、翼の先端がふわっと動く。

「う……」

首がゆっくりもたげられた。端麗で怜悧な美貌の主は、二重瞼をけだるげに開く。

「夏麦っ、気づいた!?」

金の光を受けて黄緑に色づいた淡香色の瞳が現れ、隙なく生えそろったまつ毛が印影を刻む。額にかかった長い前髪を振るうようにして焦点が定まった——かと思えば、鮮やかに切れ上がったまなじりが驚きに見開かれる。

「毬藻……何故……」

滑らかな低音だった声はつぶれ、かすれている。

「何故ってわたしが訊きたい。でも先にこれを外すわ」

彼を壁に縫(ぬ)いとめる金属を掴(つか)もうと背伸びをする。

（もうちょっと……）

「駄目だ、触れるな、すぐに逃げろ」

自由の利(き)かない身体をよじり、彼が叫ぶ。びくっとして手を引っ込めた。

「どうして」

「お前に居場所を知られたくなかった。だから生気を消していたのに……とにかく逃げろ」

どれだけ探しても行方(ゆくえ)がわからなかったのは。

森に入ったら生き物の気配が全くしなくなったのは——彼の術中だったのだ。

（こんな傷つきボロボロの身体で？　負担がかかるほどの強い力を使って？）

「だからどうしてなの」

重ねて強く尋ねる。しかし夏麦はいっそう焦れた声で促してきた。

「説明している時間はない。俺の力はそろそろ限界、もともと寿命(じゅみょう)だ。このまま見捨ててかまわない」

「嫌だ、どういうことか説明してよ」

「逃げろ、毬藻！」

その時だった。妻戸の開く音がする。人工の明かりがぼわっと広がった。

（奥に誰かがいたんだ）

気配を消す術は、意図せずもう一人の存在も見事に消していたようだ。毬藻は素早く身をひるがえす。

（真犯人？）

夏麦を捕らえ、都に火を付けた極悪人の登場に違いない。

暗闇に慣れた目には、火の光が沁みるほどまぶしかった。

闇に沈んでいた部屋の有様が浮かび上がるように見える。建物の荒れ果てた外見とはちぐはぐに、内装は無秩序にひどく飾り立てられていた。

緋金錦の敷物、薄絹に銀糸で雲龍模様をあしらった几帳、そこへ無造作にかけられた綾や羅、文台には蒔絵の折敷が置かれ、その上の銀盆と銀杯が光を舐めるように吸って輝いている。天井には五色の薬玉と繊細に編み込んだ飾り紐が吊り下がり、床には白磁の香壺、象牙でこしらえた芙蓉の花、瑠璃碗の一輪挿しなどが雑然と置かれている。片方の戸が開いた黒檀の厨子は、内の引き出しの隅々まで螺鈿が嵌めこまれ、星のように複雑な輝きを放っていた。

贅を尽くしたこの空間で最も悪趣味なのは、壁一面を彩る曼荼羅だった。

朱と金色をふんだんに使い、主となる仏神を真ん中に大きく配置し、周囲に諸仏諸尊を隙間なく描いた仏教絵画だ。中央に夏麦が翼を広げて磔にされているため、まるで彼まで装飾の一部と化している。

翼を縫いとめるものは金剛杵、両端が刀のように尖った法具だ。陰陽師の術式と同様、あやかしにとって仏具も脅威の存在だった。

（ひどい）

呪具に捕らえられ、どれだけ苦しんだろう。行方不明になってから一年以上、こうして生かされず殺されずいたのだとしたら。

腹の中で火山が噴火したようだ。熱い溶岩がどろどろと全身を満たし、肌を突き破って出てきそう。

「許せない」

「駄目だ、逃げろ！　……う、く……っ」

身体のどこかが痛んだらしく、夏麦は苦悶に顔をしかめてうなだれた。気力を使い果たしたのか、また意識を失ってしまう。

（置いて逃げられるわけがない）

焦れるほどゆったりとこちらへ向かってくる気配を、神経を尖らせて待つ。

（いったい誰なの。何が目的で）

金箔と和歌で彩られた大きな四面屛風ごしに、人影が浮かびあがる。迫りくる負の塊のごとき悪しき気配に、肌がひりついた。

「飛んで火に入る夏の虫」

挑発を含んだその声には、聞き覚えがあった。

いきなり背後から首筋へ一撃を受けたような衝撃で息をのむ。

（……噓、でしょう……？）

緊迫した場に相応しくないほど丁寧に屛風を畳み姿を現したのは、春爛漫の桜もかくやとばかりの華やかな美貌を法衣に包んだ――よく見知った人だった。

「帝……？」

かんばせは自身が持つ手燭に照らされて、雲間から中秋の月が現れたかのように美しい。宝玉のごとく完璧な見目の人間が、この世に二人といるはずがない……のに。

（何かしら、違和感が）

目を凝らしてじっと見つめると、大いなる違和感はその目だった。

（帝の瞳は、黒瑠璃みたいで……無感情なのに壊れそうで不思議な脆さがあった。でもこの人は）

どこまでも漆黒で、闇しか宿していない。それが、宝石商のごとき値踏みする目でこちらを見ているのだった。

「あやかし姫」

瓜二つの声が呼び、右手を差し伸べてくる。

まだ指先が届く前から、ひどく冷たい手だと思った。その肌は内側から輝いているかのごとく蒼白い。白すぎる。

(帝の手はぬくもりがあった)

ちゃんと血の通った温かい肌色で、触れてくる手は優しかった。

「違う！　あなたは帝じゃない」

とっさに振り切って後ずさる。法衣の男はわずかに目を瞠ったあと、薄く笑った。

「帝だよ、本物の。日向ではないがな」

「日向？」

「知らないか。無理もない、生まれてきてはいけなかった者の名だ。この世で最も忌避される双子の弟」

(双子？　権力を争って都を滅茶苦茶にしたっていう？)

突然の歴史の話に、目に困惑を浮かべた。

そんな毬藻へ、彼は衝撃の告白をしたのだった。

「奴は偽物の帝。わたしが正統なる日嗣(ひつぎ)の皇子(みこ)、心星(ここほし)である」

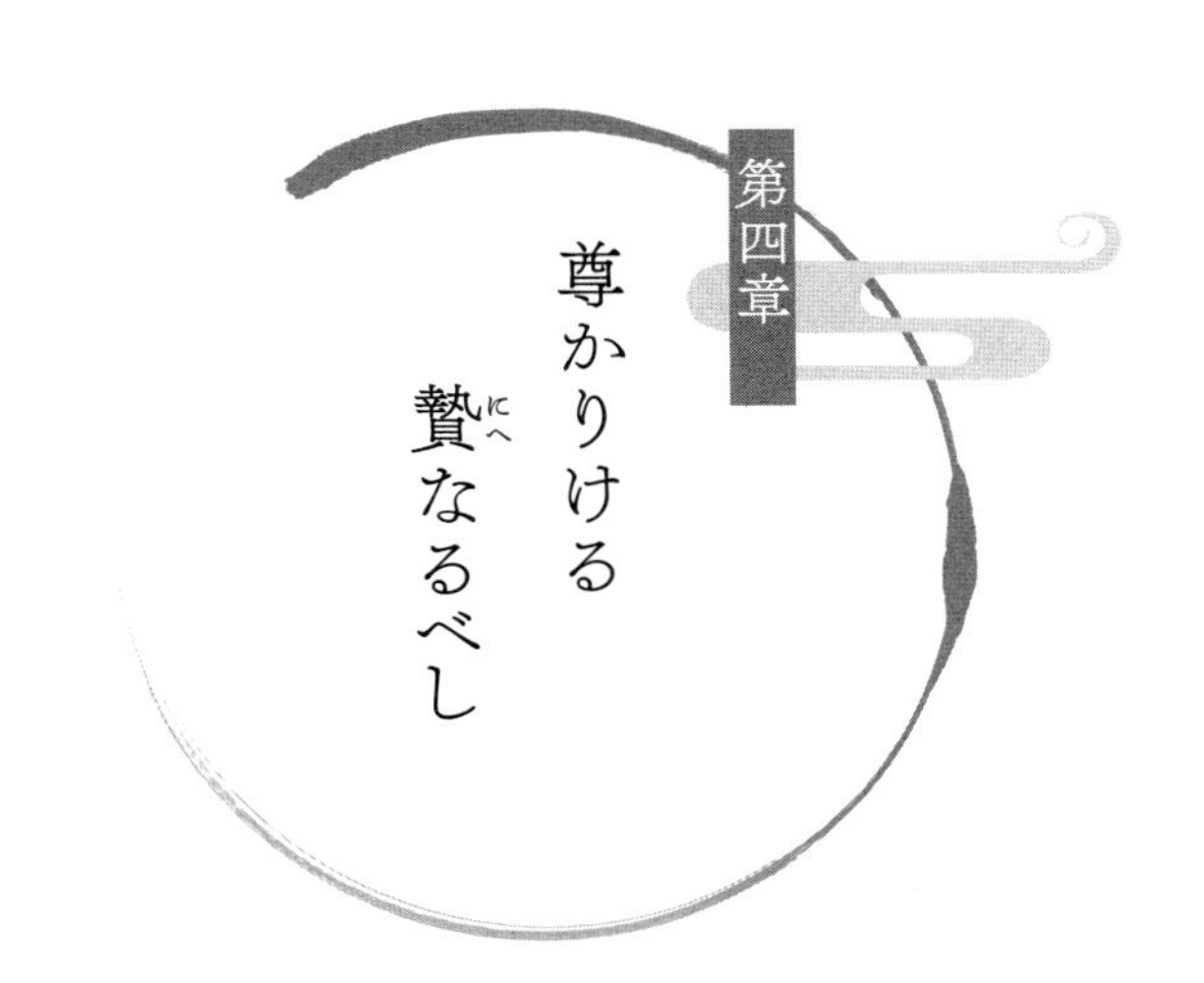

第四章 尊かりける贄（にへ）なるべし

その頃、大内裏清涼殿では――。

「あやかしなど妃にされたからではございませんか？」

御簾ごしに、内覧の左大臣が問うてくる。

「主上は元より法要などの仏事や悲田院の運営といった慈善事業に力を注がれ、民から慕われておりました。しかし近頃では、疑念の声が上がっておりまする。相次ぐ火事は、主上のご寵愛されるあやかし女御の仕業なのではないかと」

日向は小さくため息をつき、扇を開いた。

「時系列が間違っている。まず前提に昨年あやかしとの対立時期があり、姫と手を組む約束でそれが収まったのだ。火事はまた別事案である」

冷静に物事を整理して伝えるが、相手は批判ありきの態度を崩さない。

「そうでございましょうか。陰陽寮の報告では、犯人は糺の森に拠点を持つと目星がついておりまする。あそこは長く鵺が棲みついていた場所」

「目星がついているのなら速やかに調査せよ。鵺が犯人ならば鵺を捕らえるまでだ」

「それが、誰一人そこへたどり着けないのでございます」

大臣は眉根を寄せて苦渋のまなざしを向けてくる。

「強力な呪術が掛けられている模様。あやかしのなせる業に違いありませぬ。昨年の末、主上はあやつらとの対立は終わったと言って力のある陰陽師らをすべて都から遠ざけておしまいになりました。あれはやはり間違っておられたのです。彼らを今一度呼び寄せ、あやかし討伐をするべきです」

「それはならぬ」

扇を強く閉ざし、日向は鋭い声を出した。

おもむろに立ち上がり、御簾を上げる。ぎょっとして身を引く大臣を尻目に、廂から空を見上げた。

格子の合間から見える夕空は、血のような赤を墨色の群雲が塗りつぶし禍々しい色をしている。

「わたしが行こう」

「なんですと？」

「姫との婚姻を急いたのは確かにわたしの独断だ。皆の意見を聞かず、不安になった者もいたであろう。だからこれはわたしが解決すべき問題だ。しばし出てくる。皆には内密にせよ」

「お、主上……！」

弱り果てる大臣をそのままに、日向は後宮へ足を運ぶ。一応毬藻へ経緯を告げておこうと思った。

しかしそこには、慌てふためいて同じ場所で飛んだり降りたりする雀のあやかしがいるだけだった。

「まっ毬藻はもう寝てるんだ！　また今度にしてくれよな」

「寝ていてもかまわぬ。入るぞ」

「だー！　寝起きは超超ちょーう機嫌が悪いんだよっ」

「まさかいないのか？」

「ぎくり」

隠す気がないのかと疑うほどあっさりと尻尾を出す。

（……とうとう逃げたのか。信じてもいいかもしれないと……思ったのに）

嫌な汗が出た。いっそ気でも失ってしまえたらよかった。

藤壺一帯に張っていた結界を解いたのは、彼女の言葉に従ってのことだ。それなのに、あっさりと裏切って去っていくとは。

（それくらいの気持ちで簡単に言い捨てたのか）

凍てついた日向の心に響いたあれは、幻だったのだろうか。

身体の半分を斧でそぎ落とされたような打撃だ。胸に空いた風穴を誤魔化し、奥歯を食い締める。

「逃亡先は糺の森だな」

踵を返しかけると、雀が大げさに羽ばたいて眼前へ回ってきた。小さな翼を目いっぱい広げて通せんぼをしてくる
「待て待て待てって！　誤解だ、毬藻は逃げたんじゃない。調査に出ただけだ、すぐに戻る」

「調査だと」

「そうだよ。先代王が犯人かもしれないんだろ？　だったら自分に止める責任があるって」

「本当です、ほら！」

小さな狸が出てきて、太鼓腹を突き出した。池に映る月光のように、じわりと映像が浮かび上がる。

夕闇に沈む河原が映った。二本の川が一つに合わさる様子から、鴨川なのだとわかる。そこには大きな文箱を抱えた文車妖妃がいた。文箱の蓋は開き、中身は空だ。

「姫さまはあの箱に入ってまた戻ってくるんです。おいらたちを置いてどっかに行っちゃうわけがない」

確かに毬藻は弱き者たちを放置してひとり逃げるような姫ではなかった。

「だがしかし、内裏を去ったのは事実。こっそり戻ればいいというものではない」

（彼女はわたしを裏切った。もう知るものか）

期待すればするだけ傷つくのなら、初めから諦めた方がいい。わかっていたはずだ。

「あっ、にゃんた丸(まる)が出てきたぜ。毬藻も一緒か？」

鏡を覗(のぞ)き込んでいた雀が声を上げる。

つられて日向も視線を戻した。森の奥からサビの猫又(ねこまた)が出てきて、文車妖妃の元へ小走りで向かう。その後ろに……毬藻はいない。

「どうして姫さまの姿が見えないの？」

「にゃんた丸の奴、焦ってないか？　まさか毬藻に何かあったんじゃ……」

「！」

心臓を素手で摑(つか)まれたような衝撃が走った。

（姫……！）

肌が火照(ほて)る。胸に焼きごてを押し当てられたようだ。

約束だとか、裏切りだとか、そんなのはどうでもいい。

焦燥(しょうそう)感が頭の頂点からつま先まで貫いて、理性が何も働かなくなり——次の瞬間、日向は術式を唱えていた。電光石火で糺の森へ飛んでいった。

○　☆

帝とよく似た顔と声の法師は、彼の双子の兄で自分こそが正統なる帝だと言った。

（双子の兄弟……）

かつての双子の兄皇子は、弟宮と争って帝位を手に入れた。帝本人からも聞いていた話であり、あの時彼はどこか様子がおかしかった。

（兄弟みたいな桜の話をしたら押し黙って……急に歴史を語り始めた）

自分にも双子の兄弟がいて、思うところがあったからこその行動だったのだとしたら。

（でも、今考えるべきはそっちじゃないわ）

毬藻は精一杯胸を張り、まなじりを吊り上げて法師を睨む。

「正体なんてどうでもいい。夏麦を捕らえ、痛めつけて、都へ火を付けた極悪人はお前ね」

腹に力を込めて凄むものの、相手はまるで動じない。

「正義感ごっこでもするつもりか？　目を覚ませ、そなたはあやかし。平和よりも混乱が好きなはずだ。共に都を阿鼻叫喚で満たそうではないか」

「お断りよ！」

　怒号をぶつけ、両手に小さな稲妻を集める。滅多な真似をしてきたら、いつでも投げつけられるように。

　けれども、法師はおかしいくらい余裕だった。

「威勢が良いな。素晴らしい。その鵺はもうほとんど役に立たない」

「役に……って、何をしたの」

「血をいただいたのさ。知っているか？　体液を摂取すると、一時的にそのあやかしの力が使えるのだ」

「え――」

　脳が理解を拒否して、すぐに反応できなかった。

　法師は酷薄な笑みを深める。

「おかげで死にかけだったこの身体は健康を取り戻し、いっそう強靭になった。その鵺の血に至っては、他のくだらんあやかしどもと比べたら段違いに素晴らしかったぞ。わたしの一声で人間はあやかしを憎み、そしてあやかしは刃向かって、また返り討ちにされる。これぞ因果応報、悪因悪果、この世の理をわたしは手に入れたのだ」

（血を……飲んだ？）

おぞましさと底知れぬ怒りで、まなうらが明滅する。深く息を吸おうとしたけれど、酸素が入ってこなかった。

夏麦の力は操心術で、群衆の扇動などお手の物だった。

それを利用して、この法師はあやかしと人間の対立行動を煽ったのだという。

（時期もぴったり一致する。夏麦がいなくなって、それから国母が殺された。その死をきっかけに泥沼の諍いへ陥ったのよ）

急激ともいえるほど突然、人間のあやかしへの憎悪が深まったのには理由があったのだ。

（でも、お母さんの死を利用したというの？　殺したのは……誰？　まさかこの人？）

そうとしか考えられない。

身の毛がよだった。渾身の力をもって軽蔑の目線を叩きつける。

「だがな、力はあくまで一時的。何度か利用したが、そいつはもうほとんど使えない。用済みだ」

（許しがたい）

「だから、生きのいいそなたが欲しかった。鵺の替わりに我が力となれ」

（ううん、そんな言葉では足りない）

無言で毬藻は片手を振り上げた。全身のあらゆる筋が震えている。あんまり睨みつけたから、目から炎が出そうだ。

(奈落の底へ落ちろ)

夏麦を救うためだけではない。全あやかしのためにも。人間の……帝のためにも。一刻も早く始末すべきだ。

毬藻が念じると同時、襲いくる感情の嵐を法師へぶつける。

轟音が響き雷が落ちた。光柱が屋根を貫いて法師の立ち位置寸前を焼く。瞬く間に床を這って炎へ変わった。

が、同時に毬藻の身体に異変が起きた。

「……え、あ……っ」

膝ががくりと折れて、床に手をついた。炎が手と足にまとわりつくのを払おうとしても、力が出ない。あちらこちらから手が伸びてきたみたいに身体が動かない。

(どうして? 何が起こったの……?)

かろうじて上向いた目線の先で、法師が口角を吊り上げていた。

「愚かだな。自ら最後の砦を壊し、我が手に落ちるとは」

足元の火を恐れもせず、彼は喉の奥でくつくつと笑いながら一、二、三……と指を折って数え出す。

「そなたはもともと金の鳥。水気に潤い、火気に弱い。五行(ごぎょう)が整い水気の強い禁裏(きんり)の北(きた)の方(かた)という立場は、さぞ居心地がよかったろう。だが、そなたを守る四方の均衡は崩れ、さらに父上の勅願寺(ちょくがんじ)、京の裏鬼門(うらきもん)壬生寺(みぶでら)、そしてこの水脈の地、同心円上の三方の水気を打ち消されたとあらば、そなたは今や羽根をもがれたも同然だ」

(なん……ですって)

帝を狙ったと思われた包囲網(ほういもう)は、実は毬藻を狙ったものだったのだ。

「さあ、我が手を取れ、あやかし姫」

一歩ずつ、法師が近づいてくる。

(嫌だ、悔(くや)しい。逃げなきゃ。でも、夏麦はどうする？　置いていくなんて絶対無理)

目まぐるしく思考を巡らせて——答えが出ず……ぎゅっと瞼を閉じる。

法師の勝ち誇った念が毬藻を包囲した。この世の醜悪(しゅうあく)をすべて集めて凝縮したようなそれに、怖気(おぞけ)が立つ。

(嫌——!!)

その時だった。

「臨(りん)、兵(ぴょう)、闘(とう)、者(しゃ)、皆(かい)、陣(じん)、烈(れつ)、在(ざい)、前(ぜん)」

九字(くじ)を切る澄んだ声が響く。風が上から下へ強く吹き、炎が押しつぶされて小さくなった。

燃えかけた几帳を蹴倒してその場へ飛び込んできたのは——白の狩衣姿の帝だった。百鬼夜行で入内した時も、爆音演奏会をした時も、結界に触れた時も、いつも彼は毬藻の元へ駆けつけたが、いかなる時と比べようもなく決死のまなざしで飛び込んでくる。これほどまでに切羽詰まった様子で自分を助けに来るものを、毬藻は知らない。

胸を打たれた。

急に彼がひどく身近に感じられた。同時に、別の懸念が湧いてきて胸が引き絞られる。

(内緒で抜け出して、裏切ったと思ったかしら……。すぐ戻るつもりだったのよ)

声にしたいけれども声が出ない。法師の執拗な呪縛に囚われていた。

「姫!」

帝はがむしゃらに毬藻へ向かってきた。そこには打算も何もない。

そのまっすぐさに、申し訳なさと、ありがたさを覚え、加えて奇妙な胸の高鳴りが一気に押し寄せてきた。眩暈がする。

「無事なのか? 一体何が起こっ……」

彼の手が届く寸前、正面から喉を鳴らす笑い声が聞こえた。

「英雄だとばかりの登場だな」

ふとそちらを振り向いた帝の瞳が凍り付く。

「心、星……？」

炎を抑えつけていた力が揺らぎ、火の粉が散った。今、目の前に繰り広げられる状況がまるで別世界の物語であるかのように、恐怖とも唖然ともいえる表情で固まっていた。

「そなた……亡くなったはずでは。怨霊……なのか」

微動だにできず、わずかに開いた口で震え声を紡ぐ。

「怨霊。似たようなものだ。お前への恨みを募らせこの世へ舞い戻った」

法師の肩先から蒼い炎が揺らめき立つ。漆黒の闇を宿す不気味な瞳を際立たせた。

「く……」

どこか遠くを見ていた帝だったが、傍らの毬藻へ目を戻し、狼狽の霧を振り払う。

帝は心星へ注意を向けたまま、素早く毬藻を引き寄せた。儚い赤子の命を守るかのごとく袖で大切に包み込む。そんな柔らかな力なのに、毬藻は全身が軋んだ。

「どうした」

（自由が利かない……っ）

もし手足が動いたのなら床をのたうちまわるほどの痛みだ。しゃべることすらままならず、毬藻は苦悶に顔を歪める。

「何かされたのか？　心星！」

凄みを帯びた帝の声が兄を呼ぶ。すると心星は左眉を吊り上げた。

「なんだよその顔は。まさかあやかしに懸想でもしているのか」

「っ」

答えず瞳を見開いた帝は、山の奔流のように動揺を溢れさせた。これほどまで反応するのは、痛いところを衝かれたせいなのだった。

（帝……？）

術式が乱れ、抑えきれなくなった炎が床を舐めるように徐々に広がっていく。

「正気か？　は！　お似合いじゃないか、化け物同士で」

帝は変わらず黙ったまま、視線を下へ彷徨わせている。心に相当の打撃を受けているらしかった。

「面白いことになった。天が正義に味方したのだろう。あやかし姫を捕らえたのはただ強い力を手に入れるためだったが、気が変わったよ」

法師が念仏を唱え始める。とたん、毬藻の頭に岩が落ちてきたような衝撃が走った。意識が遠ざかりそうなのを必死に耐える。

「やめろ！　姫っ、しっかりしろ」

毬藻への攻撃に我に返った帝は、毬藻の耳を塞ごうと身体を胸板へ強く押し付けてきた。そして、術式を唱えようと人差し指と中指を揃えてかざす。しかし、心星の酷薄な声がそれを止めた。

「お前がどれだけわたしに非道を働いたのか、愛しい姫君へ教えてやってもいいのだぞ」

「！」

不安と苦悩が絡み合う蜘蛛の巣に捕らわれて、帝の心が再び乱れた。その揺らぎの隙を衝いて、心星が数珠を握った手を振り上げる。

「あああああ――っ！」

体内の組織を破裂させるかのごとき衝撃が弾けて、毬藻は上向いた。名を呼ぶ帝の声が遠ざかり、視界が狭くなる……。

（もう……だめかも……しれない）

さすがのあやかし姫も、壮絶な法力の前では無力だった。

（悔しいよ……皆を守らなきゃいけないのに。帝も……まだあなたの誤解を、解けていないのに）

生理的な涙がじわりと溢れる。その視界の先で、華やかな曼荼羅の模様が歪んで黒くなった。

「毬藻」

心に響く低い囁き声がよみがえる。

懐かしい……声だった。

「まだ生きていたのか」

憎々しげな心星の唸り声がしたと思ったら、急に毬藻の身体をぎりぎりと締め付けていた痛みが遠のいた。

（念仏が止まった……？）

なんとか意識をとどめた毬藻は、帝の腕に支えられて、薄目で状況を確認する。

床を舐める紅蓮の炎に照らされて、壁に黒い翼を縫いとめられた鵺が瞳を爛々とさせ、闇を切り裂いてこちらを睨んでいた。

（夏麦！　目が覚めて？）

「鵺……か？」

たった今その存在に気づいた帝は息をのむ。長らく犯人だと思っていたあやかしの残酷に痛めつけられた姿を見て、天地がひっくり返った心地がしたのだろう。

対して、心星は目を細め、驕りとも憐れみともつかない余裕の笑みを浮かべた。

「より強い生贄が手に入った今、お前は用済みだ」

「心星……お前が鵺をこんなにしたのか」

毬藻を抱く帝の腕に力がこもる。決して兄へ渡すまじという思いがふつふつと伝わってきた。

心星は、路傍の石を眺めるまなざしを夏麦へ向けた。

「疾く死ね」

すると、夏麦もまた口角をゆったりと上げた。だが、発する念は深いあざけりと同情だった。瞳の赤々しさが増し、空気が沈むほど重くなる。

「な、な……!?」

にわかに心星の頬が引きつった。

目を白黒させながら手を自らの懐へ突っ込む。棒状の物を取り出して鋭い切っ先を炎の色にぎらつかせた。

「独鈷？　やめろ心星！」

あやかしを攻撃してくると勘違いした帝は、動けない毬藻を小脇に抱えて曼荼羅の前へ躍り出た。毬藻と夏麦ふたりを庇って立ちはだかるが、武器の先端はこちらへ向けられなかった。

心星は自らの胸へそれをぴたりと当てたのだ。

摑(つか)む両手は激しく痙攣(けいれん)していた。顔面は火にあぶられても尚蒼白で、喉仏(のどぼとけ)がごくりと波打つと一滴の脂汗(あぶらあせ)がこめかみを伝う。

「やめ……ろ……」

食い締める歯の隙間から、心星は苦悶の滲(にじ)む声を出す。

身体が意に反する動きをしているようだ。そこで毬藻はようやく気づく。

(これは操心の力？　まさか夏麦が)

振り返った毬藻へ、彼は薄い唇を開いた。つぶれた声で言う。

「俺の血液は、その体内で最も強く作用する」

あやかしの力を手に入れるために多くの体液を摂取(せっしゅ)し、思うがままに使っていた心星は、いまだ内側に残る夏麦の残滓(ざんし)に操られ、自らに刃を向けているのだった。

(わたしたちを助けてくれるの？)

だが今、力を使ったら。

夏麦はすでに瀕死(ひんし)で、さらに法具を埋め込まれ、意識すらほとんど保てない状態なのだ。

限界を超えたとき——あやかしは形を保っていられず、雪のごとく溶けて消滅してしまう。

(駄目！　やめて！)

声を張り上げたつもりでも、全く音にならなかった。一時的に念仏が止んだとて、毬藻もかなりの深手を受けていた。

地を這う低音が、心星へ命じる。

「殺れ」

「ぐあああ！」

独鈷が勢いよく身体へ突きこまれた。法衣を貫き皮膚を破ったそれは、黒々とした鮮血を噴き出す――が、かろうじて急所を外したようだ。心星はまだ息があった。

「くそっ、こんな、わたしが……化け物に操られるとは……！」

肩を大きく上下させながら立ち上がり、身体をくの字にして背を向ける。

「待て！」

とっさに追おうとした帝だったが、毬藻を燃え盛る屋敷へ置いていけないと思いとどまる。

「……北方玄武にお願い申し上げる。北方に縁ある正しき加護を。火急如律令」

帝が術式を唱えると、霧が満たすように神気が広がり、火種が小さくなった。同時に毬藻の全身の痛みもほんの少し薄れた。毬藻は夏麦の元へ駆け寄る。

「夏麦！」

「彼が夏麦か。この有様は心星が？」

「そうよ！　血を飲んで、妖しい術を使っていたんだって。お願い、帝。あの呪具を外して」

　金剛杵を指さし懇願する。

　力を使い果たした夏麦は、ほとんど虫の息だった。瞼を重そうにほんの少しだけ開く。達観したような、懐古するような……儚げな光がそこにあった。

「毬藻、よかった、無事、だな」

「夏麦の馬鹿！　どうして無理をするの。何故気配を消したりしたの。危ないならすぐに呼んでよ。助けを求めてよ。わたしはあやかし姫よ、あなたのことだって全部……守るのに」

　縋り付く毬藻の肩を、帝が後ろから剝がしてくる。

「待て、まずは拘束を解くから」

　しかし、伸ばした帝の手を、夏麦は羽根の先をわずかに動かして抵抗した。

「やめろ、邪魔をするな、もう……時間がない」

　切羽詰まった声に、毬藻も帝も喉を引きつらせた。

　時間がない。

まもなく訪れる死を実感した、夏麦の切なる願いが込められていた。辺りはじっとりと暑いのに、毬藻は身震いして夏麦を見上げる。

「毬藻」

今まで聞いたことのない優しい声が呼ぶ。待ち受ける運命を悟って、でも認めたくなくて、毬藻は首を横に振った。

「嫌、駄目。まだ聞いていないもの、毬藻の由来。ちゃんと元気になって、教えて」

「お前が生まれた日をよく覚えている——あの日……神社仏閣の至る所で香が焚かれて、都中が沈水や黒方などの清らかな香で満ちていた……」

「やめて、今聞きたくない！」

混乱と動揺で自分が何を言っているのかわからなくなりそうだ。

「聞いておけ。遺言だ」

（そんなふうに言わないで）

喉の奥が震えて、声が出せなくなってしまう。

「四方八方から上がった煙はやがて天で一つに合わさり、大いなる光となった。金色の藻のようにたゆたって、毬みたいに丸くなった。俺は追いかけ、梅や桜、山吹、唐撫子に桔梗……様々な色の花びらと一緒に降ってきたお前を手に抱いた瞬間——この上なく満たされたのだ。百年、ずっと、どれだけ恨みの念を食しても……癒えなかった渇きが、跡形もなく、消えて——」

声は切れ切れ、語尾はほとんど聞き取れない。半分閉じた瞼から見える瞳は曇り、すでに何も映していない。

「恨むなよ、毬藻。誰も、恨まずともよい……、お前は喜びの念に包まれて、幸せに、いつも輝いているんだ。俺を……幸せにした、その光」

毬藻は無理やり彼に身体を寄せて、上向いた。ありったけの力を発して夏麦へ生命を分ける。

もう一度。生きてほしい。必死の思いを込めても……なんの意味もなさない。

覗き込んだ彼の瞳にはただ、金の光がきらきらと反射しただけで——ふっと消えた。

「……ありがとう」

恨みの念から生まれた彼は、正反対の言葉を最後に刻んで、羽根の先から闇にさらさらと溶けていく。死を迎えたあやかしは、姿形をとどめず消えてしまう。どんなに手を伸ばしても、きつく抱きしめてもこの世に留めておけない。こぼれ落ちた水のように、戻ってこない。

「夏麦、夏麦……！」

曼荼羅をぐしゃりと摑んで引きちぎる。その手を、後ろからそっとあたたかな手が握ってきた。力なく振り返れば、日向がきつく眉を寄せて、首をかすかに横へ振る。

「姫」

「……っ」

事実に直面し、毬藻は膝からくずおれる。悲しみと疲労でどうにかなりそうだった。日向は痛ましい傷を抱えた小動物へするふうに頰を寄せてきた。痛みと労りがないまぜになった声で諭してくる。

「内裏へ戻ろう。猫又と桃丸が外で待っている。茶々丸も雲丸も皆、心配していたぞ」

毬藻にはうなずく気力さえ残っていなかった。


あれから一週間、雨が降り続けた。

まるでひと月早く梅雨が来てしまったかのよう。

手入れができない前栽は叢が育ちすぎて小さな森みたいになっている。庭木はぐんぐんと育って新緑色の天蓋を作っていた。水量の増した遣水には翡翠色の水草がびっしりと浮き、池は一回り大きくなって植え込みの山吹をのみ込み、泥で土色の斑を作っている。

　嵐山(あらしやま)の自然に比べたら大したことのない庭だと思っていたのが、一週間夢とうつの狭(はざ)間(ま)を彷徨(さまよ)い、抜(ぬ)け殻(がら)のようなありさまで御帳台(みちょうだい)に引きこもっていたせいだろうか。外の景色はこんな雨でも幾分心惹(ひ)かれるものだった。

（かといって、晴れやかな気分になれるわけではないけれど……）

　毬藻は格子(こうし)をすっかり上げた廂(ひさし)に円座(わろうだ)を敷いて座っていた。その膝の上で茶々丸が賑(にぎ)やかに笑う。

「いやー、起きられるようになってよかったよかった」

　小走りでやってきた雲丸は、腹の鏡に台盤所(だいばんどころ)を映して見せてくれる。

「見てみてー！　今日の夕餉(ゆうげ)、枇杷(びわ)が出るみたいです。うわあ、おいしそうだなあ」

「姫さまご覧くださいにゃ。我ら猫又衆はこの長雨に案を得て新たなる踊りを生み出しましたにゃ。その名も雨漏(あまも)り踊り」

　簀子(すのこ)では、猫又三匹が交互に飛び跳ねては頭上で手を叩いて着地する、という謎の動きを繰り返す。餓鬼(がき)たちはそれを見て指をさし、腹を抱えて転げ回った。

　それぞれが、精一杯毬藻を元気づけようとしてくれている。

（わかっている）

　だから満面の笑みで応えたい。なのに……難しい。

心星の呪縛はすでに解け、力を使いつくした身体の怠さも抜けた。いつまでもくよくよしていたとて夏麦は還ってこない。けれども、毬藻の心も空と同様ずっと雨が降り続けていた。

「あの、女御さま……、お目覚めとお聞きになって、主上がお渡りになられるそうです」

控えめに声を掛けてきたのは少将だった。衛門が重ねて言う。

「お召し替えになりませんか？　若菖蒲など、いかがでございましょう。ご気分がお晴れになるのではないかと」

青の濃淡を重ねた美しい小袿を開いて見せてくる。

他の女房三人も、遠慮がちに後ろに佇んでいる。よそよそしかったこれまでと違い、気遣いの念が彼女らを取り囲んでいた。

（この人たちも心配させてしまったのね）

仲間に甘えるだけでなく、人間にも迷惑をかけた。あやかし姫として失格だ。もう夏麦はいないというのに、こんなざまでは……。

せめてこれ以上の弱さを見せぬよう背筋を伸ばした。

「今はこれで大丈夫よ。ありがとう」

帝と会うのは、糺の森での一件以来だ。毬藻の意識がない間、何度か見舞いに来てくれたと茶々丸から聞いている。

(勝手に抜け出したのに、助けてくれた。謝罪もお礼も何も言えていない)

どんな顔をして会ったらいいのか。

やがて、二位の局と侍従に先導されて帝がやってくる。

顔を合わせづらいと思っていたのに、足音を聞いたとたん自然と立ち上がっていた。帝もまた、こちらをみとめて足取りが速まる。女房を追い越し、大股で近づいてくるなり……毬藻の肩を抱き寄せた。順序も何もなしの行動だった。

「目覚めたか」

「うん……」

この人は生きている。

確かな脈動を刻む男性の手のぬくもりに、何かが毬藻の身体を鋭く貫き、熱く駆け抜けた。声が詰まる。

「ごめんね」

心配をかけたことも。約束を破ったことも。

しばしそのままぬくもりを分け合った。触れ合う箇所から、彼の不安と喜びと躊躇いがないまぜになった念が伝わってくる。その絡み合った複雑な念すべてが自分へ向けられているのは、妙に安心するものだった。

「そなたが姿を消して、やはり裏切られたのだと思った。二度と許すものかと思った。だが危機が迫っているのだと知ったら、そんなのどうでもよくなった」

いつになく早口でどっと語る彼もまた、熱病に冒されているかのようだ。

無我夢中で飛び出し、毬藻の元へ駆けつけて、目前に広がる想像を超える状況に驚き慄いたのだという。

「そなたがわたしのそばを離れたことへ対する怒りよりも、失う怖さの方が勝った。無事でいてくれて……よかった」

夏麦を失った悲しみと、奪った心星への怒りの狭間で、引き裂かれていた毬藻の心は日向の言葉で一つに合わさり、すとんと腹の中へ落ちた。

優しく肩を撫でられて、座るよう促される。円座に腰を落ち着けると、彼はその正面に膝をついた。

「そなたに伝えていなかったわたしの秘密を話す」

うなずくと、女房たちは気を遣って妻戸の向こうへ姿を消した。茶々丸も雲丸も母屋の几帳の奥へ入っていった。

「あらかた気づいているとは思うが、心星は……わたしの双子の兄だ。百年前の双子皇子と同じく我々は兄弟で帝位を巡っていがみ合い、最終的にわたしが兄を陥れ、ここにいる」

すべて聞いてくれと、彼は懺悔の念を発しながら過去を語った。

不吉な子として生を享け、すぐに処分されるところだったのを、東宮に何かがあったときの替えとして生かされた。しかし、両親からは顧みられることがなく、さらには自分の立場を脅かされると思った兄から攻撃を受けて、反骨心から帝位への野望を強めていったと。

触れたら一番痛い傷を自らさらけ出す彼の顔面は、紙のように白くなっている。

「大……丈夫？」

「病み上がりのそなたに心配させるほど、ひどい顔でもしていたか？」

「ううん……」

「平気だ。話すことによって、だんだん解放されてきた気がする。呪いは力を失いつつあるらしい」

彼はもう眉をひそめていなかった。

（わたしに話して心が軽くなるのなら）

全部打ち明けてほしい。

余さず受け止めるから。

「あなたは心星をその手にかけたの？」

「直接手を下したわけではないが同様だ。病に苦しむところを騙して出家させた。その後まもなく儚くなったと聞いていたが……まさか生きていたとは」

「あやかしの血を飲んで命を繋いだそうよ」

言いながら、毬藻は腹の底に再び怒りの炎が生まれるのを感じた。

（許せるわけがない。でも……夏麦は）

恨むなと。

喜びの光の中で笑って生きろと最後に言った。

（そんなふうに言われたら……守らなきゃいけなくなる）

額を押さえ、瞼をぎゅっとつむって激情が湧き上がるのを堪える。そんな毬藻を見て、帝は頭を下げた。

「すべて兄が仕組んだことを、ずっとあやかしのせいにして悪かった。鵺は立派だった。最期までそなたを守り、散っていった。偉大なあやかし王だった」

「……！」

堪えていたものが抑えきれなくなり、目頭が熱くなる。視界が滲んで、七色にぼやけた。

「鵺の代わりに、これからはわたしがそなたを守る」

「わたしを、あなたが？」

「心星が恨みを募らせあのようになったのは、わたしの責任だ」

毬藻ははたと顔を上げた。決意に満ちた帝のまなざしを強く見つめ返す。

彼は殺されないために人を傷つけねばならなかった。そういう星の下、生来の優しさがどうしようもなく捻じ曲げられてしまっただけだ。

双子はそれぞれの運命に対して胸を痛め、心を休ませる暇なく戦うしかなかった。そのどこに責任がある？

「違うわ。あなたはあなたなりに生きようとしただけ」

「姫？」

「過去を消し去ることはできないし、お経を唱えたって悪を全部払いのけることはできないわ。今まで生きてきた道筋を否定はしてあげられない。だけどそれが人間だし、あやかしもそうだし、生きているってことなのではないかしら」

誰からも目を掛けられず、認められずにきた彼を、いま毬藻が全力で見つめ、受け止めなければ。他の誰にもその役目は渡さない。

「あなたは素晴らしい帝よ。だって、必死に足掻いたからこそ生きることの甘美さを知っているもの」

　彼なら決して心星のように命を踏みにじったりしない。

「姫……」

　目が覚めたように、彼は瞳を瞬いている。

　長いこと彷徨っていた暗闇から、ようやく抜け出せたのだろうか。

　毬藻の涙はとっくに引っ込んでいた。下がり端を振り払って笑顔を向ければ、彼もまた口の端を笑ませかけて、照れたのか慌てて下を向いた。

「……姫はいつも私を高みへ引っ張り上げて、光を見せてくれる」

「おおげさね」

「おおげさなどではない。もう失えない」

　顔を上げた彼の瞳は鋭い光を宿していた。原始的な所有本能がありありとそこに浮かんでいる。

（……っ）

　毬藻は不意打ちで心臓を摑まれたような気がした。

　彼はあたたかな手のひらで頬に触れてくる。その熱は肌を焼き、骨の髄まで届いた。

「今度はわたしの番だ。そなたを守らせてくれ」

強い懇願が、念となって毬藻を包む。炎のごとく熱く、けれど水のように優しくて……、おいしそうだった。食欲の芽生えに、偉そうに講釈を垂れた自分こそが生に貪欲だったと知る。


「……ちょっとお腹がすいたかも」

「本当か？　すぐに夕餉を運ばせる」

「そうじゃなくて、あなたの、それが……すごく食欲をそそったの」

「それ？」

「わたしを大切に思ってくれる気持ち」

はっきりと口に出せば、帝はまなじりをほんのりと桜色に染める。それを見た毬藻もその色が移り、目元が熱くなった。特別に毬藻だけへ示された好意のしるしは、もう見知らぬふりなどできない。

「そなたを思う気持ちならば、すでにそなたのものだ。勝手に食べたらいい」

ぶっきらぼうに袖を広げてくれたから、糸に引かれるように彼の膝へ乗り上げた。逞しい首筋へ顔を近づけると、放たれる香りが甘みを増す。

（脳みそがとろけそうになる……）

すん、と鼻を動かして念をいただく。

おいしい。甘い。心地がいい。口中を満たす舌触りは煮詰めた甘葛(あまずら)のよう。腹を胸を心を満たして、頭の芯がじんじんした。

「ごちそうさまでした」

むしろ気も遠くなるほどの甘美さにぼうっとしながらつぶやくと、帝が密やかに尋ねてくる。

「もう終わりか？　全然食われた気がしない」

「だって、後から後から溢れてくるの。もうお腹いっぱいだわ。今まで食べたことがないくらい……あなたのは誰よりおいしくて、好き」

彼は一瞬虚を衝かれたように動きを止めた。それから、腕を毬藻の背へ回し、優しく抱き留めてくる。

「おほかたに花の姿を見ましかばよからまし」

「え？」

ぱっと身を剝(は)がして顔を見る。彼は瞼をぴくぴくと動かし、落ち着きなく視線を彷徨わせた。

真意を見極めようと、毬藻はじっとそれを見守る。やがて彼は視線を戻したが、その瞳にはばつの悪そうな色が灯っていた。

「このように公に姫と共に過ごせる日が来るとは……初めて姿を見かけた日には思いもしなかったものだから……」

「初めてって嵐山の？」

何故か抱く腕に力がこもった。

「嵯峨野だ」

「え、嘘、知らない」

「……わたしが一方的に見かけただけで、姫は気づいていない。隠形で姿を隠していたからな」

「嫌だ。嵯峨野って、夏麦の目を盗んで好き放題していた遊び場よ。何か変なことしていなかった？　それに鳥の姿だったんじゃ……」

帝はふと遠い目をする。

これまで自分自身に許してこなかった欲するという気持ちを受け止め、乾ききった大地が水を吸うように自然と言葉をこぼした。

「羽ばたきを聞いたが、それは一緒にいた雀のものだと思っていた。そなたの姿は少女で、とても――美しかった」

無意識にほとばしった称賛は、毬藻の心臓を直に射貫いた。矢の刺さった胸が甘い毒を吸収して疼(うず)く。

(美しいだなんて……)

驚きと興奮から、瞳孔(どうこう)がひときわ大きくなった。

かわいい、かっこいい、さすが、大好きです、と常にあやかしたちから褒(ほ)められ崇(あが)められてきたのに、帝のそれは全く違って耳に響く。

「ずっと心に残っていた。咲き乱れる山藤(やまふじ)の中で戯(たわむ)れるその姿を、何度もこっそりと見に行った」

「何度も!?」

「山ふぢの　花はあやなし　おぼろなる　黄金(きん)の鳥をば　ながめくらしつ——傍で永く眺め暮らしたいと……」

懇願の熱が籠もった声に、毬藻の体温もぶわっと上がる。

「ならもう、それ、叶ったわね」

軽口のつもりが、真正面から本気で受け止め、返された。

「長いこと追っていたものを……ようやく手に入れた」

天然の泉のごとく勢いよく喜びの念が湧いて出る。

(大好きだけど……！　もう食べきれない)

これ以上彼の念に浸っていたら、骨ごとぐにゃぐにゃにとろけてしまいそうだった。腕を突っ張り、視線を外してうそぶいた。

「もうすぐ夕餉の時間じゃないかしら？　帝もそろそろ御座所へ戻らないと」

「まだ空腹だったのか？　念をもっと食べるか？」

「やっぱりもうお腹いっぱい！　おかげさまでとっても元気になったわ！」

慌てて大声を張り上げたせいか、離れたところで待っていたあやかしたちの耳にも届いてしまう。

「そんな元気になったのか⁉」

茶々丸を先頭に皆揃って几帳から飛び出してきた。毬藻を取り囲み、口々に感嘆の声を上げる。

「喜ばしいですにゃ！」

「帝のありがとうの念を食べたんですかにゃ？」

「だったらおいらも姫さまにたくさんありがとうの気持ちをあげるー！」

にゃんた丸をはじめとした猫又たち、雲丸、餓鬼らは輪になって「ありがとう」の合唱を始める。

「みんな……」

あやかしだけではない。妻戸が大きく開き、女房たちもなだれ込んでくる。

「わたくしも感謝をお伝えしたいです。二条の火事では延焼をとどめてくださりありがとうございました。高齢の両親ともに怪我なく逃げられたのは、女御さまのおかげでございます」

侍従が叫ぶと、先の典侍も並んで頭を下げる。

「改めて、なんとお礼を申し上げたらよろしいやら」

二人を押しのけるようにして、間から命婦が顔を出した。

「わたくしの里もです！　壬生寺の辺りが燃えたとき、四条大宮まで火が届かなかったのは女御さまがいち早く雨を降らせてくださったからです。ありがとうございます」

「え……、ああ、うん……いいのよ。お役に立ててよかったわ」

まさか人間たちからこぞって感謝をされるとは夢にも思っておらず、うまく言葉が継げない。しかし感謝の輪はどんどん広がっていく。

「あの、あの……わたくしも……聞こえよがしに女御さまを悪く言ってしまったのに、全くお叱りにならなくて……救われました」

少将が言えば、もう一人の若手の衛門も同調する。

「貝桶の中身を全部捨ててしまったって先の典侍さまへ告げ口したのはわたくしなんです。

でも、女御さまはお咎めになりませんでした」

「そんな。わたくしなど粥に虫を入れたのですよ。一度ではございません。それでも女御さまは何一つ文句をおっしゃらず、ねぎらってくださいました。衛士をしている夫も言っておりました。お札を貼って嫌がらせをしたのに、ちっともお怒りでなかったと」

　中納言の告白に、帝が初耳だとばかり眉を吊り上げる。せっかく皆が感謝の意を述べているのにここで責めたら台無しだ。毬藻は立ち上がって宥める。

「そもそも全然気づいていなかったから、嫌な思いなんて何もしていないわ。それより、あやかしのわたしの世話をしてくれてありがとう。こっちこそ感謝の気持ちでいっぱいよ」

「女御さま……！」

　人それぞれ様々な香りをまとった感謝の念が毬藻を包む。とても食べきれる量ではない。

(どれも香ばしくて、ふわふわして、あったかい)

「やれやれ、姫はたった数か月で周囲の者たちを魅了してしまったようだな。わたしにはとてもできる芸当ではない」

　呆れた口調でありながら、帝は頰をほころばせ、咲き初めの桜のごとき初々しく艶やかな笑みをたたえて言った。

「そなたがここへ来てくれてよかった。ありがとう」

極上のとびきり甘い感謝の念が毬藻を包む。宝を得たような満足感でいっぱいになった。

いつしか心で降り続いていた雨はやんでいた。七色の虹が美しく浮かんでいたのだった。


毬藻が寝込んでいたあいだに、帝は心星を捕らえる手はずを整えていた。

「あいつは堀川今出川にある母の里邸にいる」

夏麦の最期の力で深手を負った彼は、遠くへ逃げるに逃げられなかったようだ。蹂躙してきたあやかしに傷つけられたのが悔しかったのか自暴自棄となり、生命を懸けた無茶苦茶な呪法を発動して結界を張っているという。

「夏麦にあんなことをしておきながら、生きるのを諦めたっていうの？」

憤慨して言うと、日向は悲しげに目を伏せる。

「多分違う。それが心星の不器用な生き方なのだろう。刹那的に生を求め、それ以外のすべてから目を背けてしまう」

だから簡単にあやかしを蹂躙できたり、母親の死を利用できたりするのだ。

「必ず捕らえ、罪を償わせる」

「そうね、それがいいわ」

「おそらく都から遠い隠岐などへの遠流となるだろう」

海を隔てた向こうの島は、人間にとっては異国とも感じられる果ての場所なのだった。

「強い結界を削るために、屋敷を中央に五芒星を描く形で都の五箇所へ陰陽師を配置し、三日三晩祈禱をさせている」

畳紙にさらりと簡単な地図を描いて説明してくれる。五芒星の頂点は西陣の辺り、左右の点を北野と烏丸にとり、下方は丸太町と内裏の陰陽寮を線で結ぶ。

「本来ならば捕り物は検非違使に任せるべきなのだが、無理を言ってわたしが邸内へ踏み込むことにさせてもらった」

「さすが嵐山へも一人で来た帝ね。もちろんわたしも同行するわ」

「言うだろうと思って、そちらの対策も用意済みだ」

紙を裏返し、今度は十字を描く。

「前回心星は東西南北の守護を壊して、そなたを捕らえた。それを逆手に取り、そなたには四つの守護者をつける」

「それは何？」

「北の玄武は雲外鏡」

「ぴゃっ」

　突然名指しされた雲丸が文字通り跳び上がる。

「腹の鏡に甲羅を映せば立派な亀だ。姫の北の守護はそなたに任せる」

「おいらが……姫さまの守護？　うわわ……かっこいい」

「待てよお！　毬藻のお守りは俺の役目だぞ！」

　鼻息荒く割り込んできた茶々丸へも、日向は役目を与える。

「そなたは南の朱雀だ。朱い雀、そのままだな」

「は？　朱雀？　……それって、鳳凰と似てるし、すげえじゃん」

　大興奮で頭上をびゅんびゅんと旋回する。風圧で毬藻の髪が巻き上がり、あちこちへ乱れた。

「それから、西の白虎は猫又たち、頼めるな」

「にゃにゃー！　あっしらが姫さまを守るだなんて大役、緊張しますにゃー」

「確かに猫は広義では虎ね。すごくおもしろいけれど、東の青龍は？　さすがのあやかしにも龍はいないわよ」

「それがいるのだ」

　胸を張って指さしたのは……帝自身だった。

「あなた人間じゃなかったの!?」

思わず叫べば、彼はけろりとして答える。

「人間だ。だが、大陸では皇帝は龍の化身だと言われている」

「そうなのね？　すごい、これで四つの守護……」

雲丸、茶々丸、にゃんた丸、そして帝が前後左右に立って毬藻の守りを固める。

まるで鉄の衣をまとったように頼もしい。

「わたし……初めてだわ。こんなふうに誰かに守ってもらうなんて」

ぽつりとこぼせば、帝は急に肩を抱き寄せてきた。

「きゃっ、何?」

「いじらしいことを言うな。これからはずっとわたしが守ると言っただろう」

あの日の誓いが、今、真実となる。

(もう何も怖いことはない)

いざ決着の地へ、毬藻は向かった。


風が強かった。

黄昏時の空は薄紅色に鈍色の千切れ雲を浮かべ、めまぐるしく模様を変えていた。

足元では伸びきった夏草が暗緑色の塊となって波打ち、突風で折れた木の枝をのみ込んでは吐き出している。

帝や心星の里邸は、国母の死以来、住む者がなく放置されていた。

築地塀は薄汚れてところどころ破れ、唐破風の屋根をのせた両開きの扉は蝶番が壊れて傾き、風に煽られて女性の悲鳴のような音を立てている。

正門を入っていけば、貴族の屋敷を絵に描いたような寝殿がそびえていた。だが白壁は剝がれ、床は土埃が溜まり、種が飛んだのか雑草まで生えている箇所がある。

（これは……）

毬藻は鼻をひくつかせて、胸に手を当てた。

（寂しい。侘しい。空っぽ）

じめついた苦い念が辺り一面に満ちている。

意外だった。心星の頭はもっと暴力的な感情で支配されていそうなのに。

「……悲しいみたい、すごく」

耳をすませば、絹を裂くような泣き声まで聞こえてきそうだ。

（この肌に纏わりつくような悲しさは……）

昨日今日の出来事を嘆き悲しむものではない。冷え切って凝り固まり、どんな熱湯をかけても流せないしぶといしこりに近い。

「本当の望みはなんだったのかしら。あなたに復讐したかったのなら、手段が回りくどすぎだわ。都を阿鼻叫喚で満たしたいという方が本音なら、何もかもを道連れにして一緒に消えたいの？　あやかしを利用しておきながら、矛盾しているわ」

「本人もすでに自分が何を望んでいるのか、わからないのかもしれない」

きっと母親を手にかけた時、ずれた歯車が戻らなくなってしまったのだ。

帝はため息をついてから、懐を探った。赤字で五芒星の描かれた護符を取り出す。

「うわわっ、気持ち悪いやつ！　しまえよ」

茶々丸が怖がって毬藻の背に隠れると、帝は軽く首を振って否定した。

「姫の守護が隠れては元も子もない」

「だってさ、札っていったら俺たち調伏されちまうもん」

「この結界を破るためだ。五方に配置した陰陽師らが必死にこれを弱めている。あとはわたしが中央で火を付けるだけ」

毬藻はとっさに帝の手首へ手をかける。

「火なら、わたしが」

あなたは一人ではないのだという意を込めて。

「では共に参ろう」

（この人と一緒に、力を合わせて）

本来相反するあやかしの力と人間の生み出した術式の力が一つになり……結界が弾けた。

「合図をするまで皆ここで待て」

随身（ずいじん）や検非違使たちへ敷地内の外で待つよう告げ、万が一心星が逃げた場合の包囲陣を敷かせる。毬藻は茶々丸たちを従え、中へ踏み込んだ。

屋敷は静まり返っていた。

灯りの一つもついていない。

ただ、夕映えに照らされた簀子（すのこ）に黒い血痕が染みついて西へ続いているのが見えた。

「あちらは母が使っていた部屋だ」

（お母さんに対して悲しいの？　自分が手にかけたくせに？）

血の跡を追っていけば、西の対（たい）を通り越して南の中門廊（ちゅうもんろう）へ続き、南端の池に張り出した釣殿（つりどの）へ導かれる。

周囲を吹き放ちにした真四角の床の真ん中で、心星は両袖（りょうそで）を広げて横たわっていた。自らが悪趣味に曼荼羅（まんだら）へ夏麦を磔（はりつけ）にしたのと似た格好をしているのは偶然か、意図的か。

法衣の胸は独鈷を突き刺した穴が開き、流れた血をそのままにしたのか衣が皮膚に張り付いていた。強風に煽られても浮かず、彼の呼吸に合わせて上下している様は痛々しい。半分うなされ、半分痛みで覚醒している様子だった。

「心星」

日向の声に、彼はうっすらと瞼を開ける。どんよりと曇った瞳に生気はない。

出会い頭に彼は、わっと悲しみのすべてをぶつけてくる。

「……殺しに来たんだろう。どうせもう動けない。いまだに鵺の血が身体中で暴れている。死して尚、人を苦しめるとは化け物らしいな」

蔑みきったかすれ声で挑発してくるが、むせかえるほど悲しみの念が放たれるのに、毬藻は混乱する。

「一体あなたは死にたいの？　生きたいの？　どっちなの？　夏麦はもういないし、あなたを苦しめもしていない。それでも苦しいのなら、心の問題ではないの？」

「……！」

心星は口を引き結び、床へ投げ出していた手をゆっくりと自らの胸もとへ入れた。首にかけていた大きな数珠を引っぱり出す。

「生意気なあやかしめ、そなたを道連れにしてわたしも……」

「毬藻！」

茶々丸が叫び、あやかしたちが毬藻を取り囲む。心星の唱えかけた念仏は弾かれ、術主へ還った。

「く……」

心星は肩で浅く息をして目を閉ざす。

再びだらりと手を下ろしたところへ日向が踏み込み、数珠を摑んで容赦なく引きちぎった。弾け飛んだ玉が散らばり、床に北斗星の形を描く。その上に日向は護符を張りつけ、心星の法力を断った。心星は血の気の失せた頰に、すべてを諦めたような笑みを浮かべ、疲労で重くなった瞼を閉ざした。

「早くとどめを刺せよ。中途半端に生かされるのは、かえっていたぶられているも同然だ。かつての皇子みたいに屋敷ごと火を付けたら簡単だろう」

自分が夏麦にしたことを棚に上げ、よくも言えたものだ。

帝に兄殺しの罪を永遠に背負わせ、苦しませようという魂胆か。しかし帝はそれには乗らない。

「母上を殺したのはそなたか」

冷静に問いかけた。すると、しおらしかった心星が取り巻く空気を変える。口角をいびつに吊り上げ、目を真っ赤に充血させた。

「それがどうした」

激しい憎しみを秘めた声が響く。

「あれは母などではない。蝶よ花よと我が子を慈しむふりをして、執着していたのは地位ばかり。都へ舞い戻ったわたしと目を合わせないどころか、存在すらしないものとして扱った」

侮蔑に満ちた慟哭で、弟を巻き込もうとする。

「お前だって痛いほど身に沁みているはずだ、あの女の無情さは。身近で過ごしてすぐにわかっただろう。どれだけ手を伸ばしても、決してその心には触れられないと」

「……」

けれども日向はもう迷わない。毬藻と心を通わせ、確固たる自我を築いていた。

「思い通りにならないから手にかけたと？」

「死が彼女を救ったと言ってほしいね。呪いといえるほど地位に縛られすぎていた。この世に生きている限り幸せになれない」

対する心星は、癇癪を起こした子供のような口ぶりだった。

「それはそなたが決めることではない」

兄の血走った目を上から覗き込み、日向は訴える。

「母上には母上の心があり、叶えたい望みがあって懸命に生きていた。不幸にもそれが我らと相容れなかっただけで」

「お前にはわかるまい、すべてを失った者の絶望など」

日向は声音を高くして被せる。

「そなたにも理解できないだろう、初めからすべてを持たない者の諦観を」

心星は上体を起こしかけ、顔を歪めた。傷口が軋んだらしくむせ始める。額には脂汗を滲ませた。

一つ言葉をこぼすたび心星の嘆きが生まれ、消えることなく降り積もっていく。新しい悲しみとなって彼を苦しめている。

「……お前も結局わたしを見ない……」

（え？）

ほとんど聞き取れない声にならないつぶやきに、毬藻ははっとする。

（この人はただ、自分を真正面から見てほしかっただけだったのかもしれない）

日向も似た願望を持ち、よい帝になることで認められようとしていた。しかし心星は手段を間違えた。

(そうか。だから夏麦の力を利用したの)

毬藻は心星へ向き直り、核心を衝く。

「あなたはお母さんの心を手に入れたくて、夏麦の血を狙ったのね」

「！」

心星は反論するふうに床を叩く。力がほとんど残っていないせいで音が立たない。拳すらしっかり握れていない。

「心を操って自分に思いを寄せてほしかった。でも、それすら叶わなくて絶望した。今あなたの心は悲しみで塗りつぶされているわ。屋敷の外へ溢れるくらい深く、果てしないほど」

「……っ」

心星は唇を開くが、呼吸が荒れて声は出なかった。

破滅を望みながら、縋りつくものを求めているという矛盾の答えがようやくわかった。

母親を恨んで憎んで、でも深く愛していた。愛していたからこそ絶望して手にかけ、そしてその死にまた深く傷ついた。もう引き返せないと思い詰めるほど。世界を壊したいと願うほど。

「一人で背負うのはつらかったわね。それで終わりに憧れたのね。あやかしもこの国も全部自分と一緒に滅べば、楽になれると信じて」

　とたん、心星の目からは堰を切ったように涙が溢れ出した。

「でもね、それでも楽にはなれないのよ。求めるばかりでは解決しない。あなた自身が自分を大切にして、幸せにしてあげるしかないの」

　床に投げ出された手にそっと触れる。氷より冷え切ったそれを柔らかく包んだ。

「わたしにできることはただ一つ。あなたが悲しいって気持ちを受け止めるだけ。仕方ないから、食べてあげる」

　毬藻は心星を引き寄せ、その腕を胸に抱いた。

　出し抜けの抱擁に、心星は瞳を見開いて唇を震わす。上体を起こした心星の唇が、危険なくらい近づいてくる。

「ずっと……求めていた……それを、あやかしなんかが」

　無意識にこぼれた言葉と共に、彼は嗚咽を漏らし、激しく咳き込んだ。呼吸もままならず、喉を大きく震わせる。

「心星！」

　反対側の手を日向が握りしめた。

「わたしたちはいつもひとりぼっちだった。それはそうだ、元々一つだったのが分かたれてしまったのだから」

毬藻も帝に同調し、言葉を添える。

「かけらを探し合って、排除し合ってきたのよ。でももうしなくていいの。あなたはあなたで、何も足りなくないのだから」

荒れ果てて長いこと打ち捨てられていた心星の心が、かすかに潤いを帯びてゆっくりと湧き上がる。

咳と共に喉の奥から吐き出された鮮血が床を染め、そこから影がゆらりと立ち上った。

「あっ！　あやかしが生まれた!!」

茶々丸が叫び、雲丸も驚きに飛び上がる。

うりざね型の顔に真珠のごとく透き通る肌、瑠璃色の悲しげな瞳に小さな鼻、幼女のかんばせに二頭身の身体のあやかしが、尼装束をまとってちょこんと座っていた。その瞳には涙の雫がたまっている。

「泣き女？」

憂いのある者の前に現れて泣き、さらなる涙を誘うあやかしだ。心星の強い悲しみの念から生まれたのだ。

「おなかすいた」

あどけない声で食欲を伝えてくるのを、毬藻はそっと促す。

「食べてあげなさい、その人の悲しみを」

「うん」

生まれたばかりの泣き女は、毬藻の代わりに小さな手で心星の手を握った。心星は目を見開いてその子を凝視している。日向もまた同じ目を泣き女へ注いでいた。

「面影(おもかげ)が……母にそっくりだ」

「そっか。なら、もう寂しくないわね」

心星と泣き女は涙をたたえた瞳で見つめ合い、共に頬を濡らした。互いの手を握り直して瞼(まぶた)を閉ざす。あふれんばかりの悲しみを、生まれるたびに彼女が食べる。どれだけ悲しんでも、受け入れてくれる。

心星はもうひとりぼっちではなくなった。

「その子と共に生きて罪を償(つぐな)え」

泣き女の腹を永遠に満たし続けられるのは、心星以外いないのだから。

それから——、

検非違使を呼んで心星を捕縛したあと、毬藻と帝は釣殿に佇んでいた。

西からの強風はすっかりやんで、穏やかな涼風が二人の髪を柔らかく揺らしている。

空には銀砂を撒いたような星が瞬いていた。月に照らし出された池は雲母を浮かべたように輝き、時折蛙が泳ぐ水音が聞こえる。

夜露を抱いた水辺の叢から、緑色のほのかな光が明滅し始めた。

「蛍だー」

雲丸が喜んで飛び出していくと、茶々丸や猫又も負けじと続く。

ふわふわと飛び交う光は、池に反射して天からも地からも神秘的な輝きを放った。まるで星空の中へ誘われた心地がする。

(この綺麗な景色が、少しでも心を慰めてくれるといいのだけれど)

隣に佇む帝は疲れ切っていた。

対立しいがみ合った兄ではあったが、根底にあった悲しみは同じ。同調せずにはいられなかっただろう。

「わたしが落ち込んでいた時、あなたは念をたくさん食べさせてくれた。代わりに今、わたしは何をしてあげられる?」

単刀直入に尋ねてみる。すると、帝はじっとこちらを見つめてきた。

玲瓏（れいろう）な月灯りをとどめた黒瑠璃の瞳が妖しく輝く。

「そなたをくれ」

「わたし？」

「妻になってほしい。形式的なものではなく、誠の」

　触れられていないのに、力強く懐（ふところ）へ引き込まれたような錯覚（さっかく）がした。今の帝なら毬藻を自在に操れるのではないか。不安のような期待のような、相反する奇妙な感覚に支配されて、毬藻は上向いた。

「誠の妃（きさき）になれ、毬藻」

　嵐山で同じ提案をされたあの時とは、まるで違う甘い声。

（耳が、身体が溶けてしまいそう）

　陰陽師の術式に縛（しば）られたのかと疑うくらい自由を奪われ、毬藻はただ彼に引き寄せられるまま身を任せた。押し付けるような抱擁は固く、何かすがるものを探して彼の袖（そで）を掴（つか）む。

「そなたが好きだ」

　傾けた顔が近づいてくる。切羽（せっぱ）詰まって瞼を閉ざしたら、その上へ柔らかな熱が押しつけられた。

「ひゃっ」

瞼へのほんの小さな口づけは、身体の芯をあっという間に熱くして、全身を甘くとろかす。

喘ぐように唇を開けば、今度はそこが熱で覆われた。

「んぅ……」

小鳥の姿でも、念を食べるときに触れ合ったことがある箇所だ。けれど比較にならないほど彼を間近に感じる。

初めは遠慮がちに、でも確実に、唇は何度も離れては重なった。

「た……食べたの？　人間も念を食べるの？」

「そうかもしれない」

悪戯めかした言葉の中に、切なる懇願が籠もる。

「だからもっと……食べたい」

押し寄せる彼の熱い懇願に息が詰まった。

逃げることも拒むこともできず、支えを求めて彼の身体へ両腕を回した。彼もまた同様に抱きしめてくる。重なり合う胸の鼓動が、どちらも尋常でなく速かった。

（食べられているのに、わたしが食べているみたいに甘い……）

自分が息できているのかすらわからない。

熱さにのぼせた目で見上げると、彼もまた火照った瞳で貫いてくる。

「帝……」

「わたしは日向だ」

「日向。太陽のぬくもりみたいに素敵な名前ね」

見つめ合うふたりのあいだで――金色の光が膨らむ。それはまもなく人の形をとって具現化した。

「またあやかしが生まれたのか!?」

庭で遊んでいた茶々丸が、慌て驚き飛んでくる。

「さすが双子ですにゃ。同日同夜、揃ってあやかしを生むとはにゃ」

猫又たちがぱちぱちと拍手を送ってくる。新たな仲間の誕生を、雲丸も鏡を光らせて喜んだ。

「君はだあれ？　何のあやかし？」

二頭身で人の赤子の姿をしたその子は、角髪を結って黒目に金の光彩を持つ蒔絵のような瞳をしている。その背中には、小さな黒い羽根を背負っていた。

「まさか鵺か？」

仰天して背を逸らす日向に、毬藻は冷静に返す。

「面影はないけれど、夏麦と一緒ね。鵺だわ」

「わたしが鵺を生んだのか……」

彼は額に手を当て仰向く。大いに衝撃を受けているようだった。

「厳密に言えばあなたの念が。この子は何を食べて生きるのかしら」

指の隙間から見える日向の瞳が、言いにくそうに細まる。

「そなたへの愛情、かな」

「っ」

急激に頬が熱を持った。先ほどまでの親密な行為を思い出して、ますますいたたまれなくなる。毬藻は誤魔化すふうに明るい声を出した。

「じゃあ名前は夏麦にしましょう！」

すかさず反対の声が上がった。

「やめてくれ。複雑な気持ちになる」

「そしたら……麦丸」

「そなたは本当に麦が好きなのだな」

呆れたふうでありながら、こちらを見つめてくる瞳には確かな愛情が宿っている。彼を取り巻く優しい念も、もう隠そうとすらしていない。

「愛なんて……自分が口にする日が来るとは。唇の皮が剝けそうだ」

むしろ憎んでいたともいえるのに、と照れ半分の呆れ口調で言う。

「わたしはずっとみんな大好き！　って思いながら生きてきたけれど……なんかそれとはちょっと違うのかも。あなたへの……このなんだろう、そわそわする感じ」

「そなたは思ったままを口にするが、今のがこれまでで一番恥ずかしいぞ」

「な……！」

思わず目を覆う毬藻の脳裏へ、桃丸の叫びがこだまする。

『それが恋ですわ！』

白塗りの顔が前面に出てくるから……不覚にも笑ってしまった。

恋って、案外楽しいものかもしれない。

「帰りましょうか、この子を連れて」

「そうだな」

麦丸を胸に抱き、ふたりは赤子が生まれたばかりの夫婦のごとく肩を並べて内裏へ戻った。

終章 きららかに はなやかなり

捕り物からひと月が過ぎた。

藤壺の庭の藤はすっかり盛りを過ぎ、今や新緑の葉が生い茂っている。

あれから――絵巻物のようにあっという間で、この静けさと事の移り変わりの対比が嚙み合わない気がしている。

心星は都を混乱に陥れた罪と母親殺しを裁かれ、額に黥という罪人の証を墨入れされた上で配流。流刑地はより遠方へと望む本人の希望で安房となった。

移送の船には、まだ傷が癒えず横たわる心星の横に、泣き女がぴったりと寄り添っていたとか。

様々な雑務を片付け終えて、今日はようやく毬藻と日向がゆっくりと時間を過ごせる日だ。朝餉の時にそう伝え聞いて、なんとなくそわそわしながら庭を眺めていた。

と、なにやら渡殿が騒がしい。

「お部屋の準備をさせていただきます」

先の典侍を先頭に、いつもの五人だけではなく、見ず知らずの女房たちがぞろぞろと入ってきた。皆、手に御衣櫃やら手箱やらを持っていて、母屋へ並べ出した。

「どうしたの、これは」

「女御さまはこちらへ」

命婦と中納言が几帳を立てた向こうから手招きしてくる。従えば、あっという間に着ていた小袿らを取り払われ、人形のように着せ替えさせられる。

品のよい深紅の単衣に緋色の長袴、下から蘇芳、黄色、紅梅、萌黄、薄色を合わせた色々の重ねの五つ衣に、臥蝶紋様を織りなした裏が濃紫で表が淡紫の白藤の表着、さらには金糸で花橘が刺繍された紅紫の唐衣を着せられる。

顔にはほのかに白粉をはたかれて、目尻と唇に紅を刷く。示された鏡に映った自分からは、あどけなさがすっかり消えていた。

「曙の霞のあいだからこぼれる樺桜のごとき美しさでございます」

「すごい褒め方ね……！　ありがとう。でも、どうしてこんな格好を？」

気候は日に日に暑くなっていくというのに、十二単を着て帝を迎えるなど儀式の日のようだ。

少将と衛門が顔を見合わせて、悪戯っぽい視線を交わす。

「内緒ですけれども……」

「女御さまの裳着をされるのだと主上がおっしゃっていました」

「裳着？」

「女の童の成人の儀式でございます。本来十二、三歳頃に行う通過儀礼で、腰結と呼ばれる後見人に紐を結んでもらうことで、大人だと認められるのです」

（なんで今さらそんな儀式をする必要があるのかしら？）

あやかしにはさっぱりわからないが、これが人間の生活だというのなら、甘んじて受け入れるのがいいだろう。

「そうなの、楽しみね」

「はい！　どうぞお楽しみになさってください」

そうこうしているあいだにも、女房たちが母屋で動き回り、部屋を儀式仕様に変えていく。

「麦丸殿、お手を触れないでくださいませ」

「しょうがないな、俺が外へ連れてくわ」

ひと月で人間の五歳くらいの見目に成長した麦丸が女房にじゃれかかるのを、茶々丸が襟首を咥えて引っ張っていく。

日暮れが近くなった頃、すべての準備を整え終えた母屋の中は、かなり様変わりしていた。

儀式では使わないだろう御帳台の中までご丁寧に飾られて、その東側の御座所には南北へ隙間なく几帳を立てられている。南面には御膳や沈木で作った盆に錦の折敷を敷いて、銀の小さな食器などが供わり、西側寄りには黒塗りの手箱や螺鈿の厨子、骨に金蒔絵を施した画扇や細櫃などが並ぶ。小台や盤、手洗、手作布などの実用品で瀟洒な物も揃っている。

「結構大それた儀式なのね……？」

入内の時と比べ物にならない豪華さだ。

さらに驚いたのは、先触れの声がして現れた日向が衣冠姿をしていたことだ。完全に正装で、朝廷に出るときの格好である。

「姫、窮屈ではないか？」

「平気。でも、ずいぶんと仰々しいわね」

「急で悪かったな。陰陽寮から今日はとても日柄がいいと聞いたので、慌てて準備させたのだ。今日を逃すと次はふた月後と言われて」

導かれて母屋へ入り、几帳の前に立たされる。先の典侍がすかさず檜扇を渡してきたから、形だけ顔を隠してみた。

日向は鳳凰の地摺りの純白の裳を広げ、前方から毬藻の腰へ手を回す。

「よし」

腰紐の結び目を軽く叩いて彼が合図する。毬藻は袖を広げてその場で回ってみせた。

「どう？　これで成人？」

「きらかで、華やか。とても綺麗だ」

素直に褒められると、それはそれで照れ臭い。

「ありがとう。おもしろかったわ」

「それはよかった。では無事成人したところで」

日向は背後に控える二位の局に目配せする。続いて、彼女もまたその後ろへ何某かを伝えた。それが伝言遊戯のごとく数人繰り返されていき……簀子の向こうまで続く。

すると、御簾と廂、半分下ろした格子を隔てた向こうに、黒袍の男性が現れた。距離はあるが、後宮にこうやって知らない男性が来るのは初めてだった。

「あの人誰？　あなたに何か用があるみたい」

ここからではほとんど姿が見えないし、集まった女房たちのざわめきが重なって声も届かない。

「問題ない。あれも儀式の一環だ」

「なんて言っているの？　聞こえない」

「藤壺の女御を中宮に冊立すると」

「へえ、藤壺の」

（あれ？　藤壺ってここじゃなかったっけ？）

日向はあっさりとした声で言いきってくる。

「そなたを中宮にするという宣旨である」

「え！」

周囲の女房たちが、まこと晴れやかな笑みをこちらへ向けてきた。

「中宮さま、おめでとうございます」

「たいへんおめでたいことでございます」

「実は、皆に協力してもらって姫を驚かそうという魂胆だったのだ。びっくりしたか？」

「びっくりというか……いいの？」

先の国母でさえ中宮になれず女御のまま終えたというのに、入内して半年もたたない、貴族出身でないどころか、人間ですらない毬藻が中宮だなんて。

「またあなたの独断で、公卿の皆が大反対しているなんてことはないでしょうね？」

「まさか。先の事件を経て殿上人たちもそなたへの見識を改めたのだ。ちゃんと手続きを踏んだ上での決定事項だから安心しなさい。もちろん多少は我を通したが」

（わがままを言った自覚はあるのね……）

しかし、儀式はもう終わってしまった。覆(くつがえ)そうにもそちらの方が難しいだろう。

「大丈夫かしら。破天荒すぎて後の歴史書で散々に描かれそう」

「それも一興。そなたは楽しいことが好きなのだろう？　万事解決ではないか」

「言われてみれば」

その通りだとふたりして微笑(ほほえ)み合う。

「さて」

日向は毬藻の扇を取り上げ、意味ありげにぱちんと畳(たた)んだ。女房たちはそれを合図にさざ波のごとく頭を下げる。遠くにいた者から立ち上がり、順に去っていく。ご丁寧に御簾を下ろし、格子も蔀戸(しとみど)も完全に閉めて。

(今度は何？)

「やっとふたりきりだ。今宵(こよい)はこのままこちらで過ごそうと思うが、いかがか？」

「えっと……」

意味を図りかねて返答に詰まる。

日向は目線を奥の御帳台へやった。女房たちが去り際に母屋の燈台(とうだい)を細くしていったため、薄絹の帳(とばり)にほどこされた銀糸の刺繍が艶(つや)めいて浮き上がり、水紋のように揺れている。わずかに開いた隙間からは、中で焚(た)かれる馥郁(ふくいく)たる香(こう)が匂(にお)っていた。

「寝るの？」

「そうだ」

彼は御帳台へ手を差し込み、先に仕込んでおいたらしい小ぶりの藤の花を一房引き出した。毬藻へ差し向けてくる。

「もう全部枯れちゃったかと思っていた」

「最後の一輪をこっそり取っておいたのだ」

蔓(つる)には縹(はなだ)色の細い文が結ばれている。

「わたしへ？」

促されて、開いてみる。流麗(りゅうれい)な文字が刻まれていた。

金いろの　花の紐とく　なでしこに　うちたはむれむ　人な咎(とが)めそ

「？？？　金色の花びらをほどいたら撫子(なでしこ)になって、花畑で戯(たわむ)れても怒らないでね？　意味がわからないわ」

そもそも撫子は金色ではない。

「金色の花はそなただ。撫子は別名常夏(とこなつ)。『夏の床』と『撫(な)でし愛(いと)し子』をかけている」

「ふうん……」

納得できないままうなずくと、彼は次なる物品をまた取り出した。

今度は螺鈿の唐櫛笥だ。

「まさか、中身は櫛じゃないでしょうね？」

「開けてみてくれ」

半信半疑で蓋を取る。中に入っていたのは想像とは違い……畳紙の上に黄金の麦粒が、まるで琥珀玉のごとく綺麗に敷き詰められていた。

「麦！」

「そなたの好物だ」

「嬉しい！　大好きよ。あなたも一緒に食べる？」

「そうだな……食べるのは三日後、餅だと嬉しい。人はそれを三日夜の餅という。男女が三夜を共に過ごし、最終日の夜に食べる儀式だ」

「儀式が多いのね、人間って」

呆れて言う毬藻へ、日向は試すようなまなざしを送ってくる。

「話が伝わらなすぎてだいぶ不安だが、要はこれから三日間そなたを可愛がると宣言しているわけだ」

彼の瞳には、毬藻がただひとりだけ映っている。

（あ……）

伸ばした手が、優しく髪に触れてくる。二、三度ゆるりと指先を往復されると、それだけで瞼がとろりとした。髪を梳かれるのは悪くない。

甘い感情の波が毬藻をさらう。胸の奥底で、抗いきれない欲が掻き立てられた。両手をよじり合わせ、尋ねる。

「今日から三日間、こんなふうに可愛がってくれるの？」

「そうだ。可愛がられてくれ。毬藻」

胸が震えるように高まった。弱々しい小鳥になってしまったみたいに、ぐんにゃりと力が抜けた。

「日向……」

お互いに顔を見合って、はにかみながらゆっくりと唇を寄せた。

――その夜、金襴の縁取りをした夏の床で、ふたりは仲良く戯れ合った。

そして、吹く風も枝を鳴らさず、花も花びらを散らさずといった誠に平安無事な夜明けを共に迎えたのだった。

※この作品はフィクションです。実在の人物・団体・事件などにはいっさい関係ありません。

集英社オレンジ文庫をお買い上げいただき、ありがとうございます。
ご意見・ご感想をお待ちしております。

● あて先
〒101-8050　東京都千代田区一ツ橋2-5-10
集英社オレンジ文庫編集部 気付
後白河安寿先生

あやかし姫のかしまし入内（エンゲージ）

2024年11月24日　第1刷発行

著　者　後白河安寿
発行者　今井孝昭
発行所　株式会社集英社
〒101-8050東京都千代田区一ツ橋2-5-10
電話【編集部】03-3230-6352
【読者係】03-3230-6080
【販売部】03-3230-6393（書店専用）
印刷所　TOPPANクロレ株式会社

ISBN 978-4-08-680587-2 C0193